烦恼人生

池莉 著

花城出版社
中国·广州

图书在版编目（CIP）数据

烦恼人生 / 池莉著. -- 广州 : 花城出版社, 2024.
8. -- ISBN 978-7-5360-9300-3

Ⅰ. I247.5

中国国家版本馆CIP数据核字第2024Z2X138号

出 版 人：张　懿
责任编辑：揭莉琳
责任校对：李道学
技术编辑：凌春梅
装帧设计：迟迟工作室

书　　名	烦恼人生 FANNAO RENSHENG
出版发行	花城出版社 （广州市环市东路水荫路11号）
经　　销	全国新华书店
印　　刷	深圳市福圣印刷有限公司 （深圳市龙华区龙华街道龙苑大道联华工业区）
开　　本	787毫米×1092毫米　32开
印　　张	8.875　2插页
字　　数	140,000字
版　　次	2024年8月第1版　2024年8月第1次印刷
定　　价	59.00元

如发现印装质量问题，请直接与印刷厂联系调换。
购书热线：020-37604658　37602954
花城出版社网站：http://www.fcph.com.cn

他没有把这话说出口,
他还是怕万一做不到,
他不可能主宰生活中的一切。
但他将竭尽全力去做!

目
录
Contents

烦恼人生　　　　　　/ 001
不谈爱情　　　　　　/ 079
太阳出世　　　　　　/ 167

烦恼人生

烦恼人生

早晨是从半夜开始的。

昏蒙蒙的半夜里"咕咚"一声惊天动地,紧接着是一声恐怖的嚎叫。印家厚一个惊悸,醒了,全身绷得僵直,一时间竟以为是在噩梦里。待他反应过来,知道是儿子掉到了地上的时候,他老婆已经赤着脚,摸下床,颤颤地唤着儿子。母子俩在窄狭壅塞的房间里撞翻了几件家什,跌跌撞撞抱成一团。

印家厚应该做的第一件事是开灯,他知道,一个家庭里半夜发生意外,丈夫应该保持镇定,可是灯绳怎么也摸不着了!印家厚哧哧喘着粗气,一双胳膊在墙上大幅度摸来摸去。他老婆恨恨地咬了一个字"灯",便哭出声来。急火攻心,印家厚跳将起来,直接踩在床头柜上,一把捉住灯绳的根部,用劲一扯:灯亮了,灯绳却扯断了。印家厚将手中的断绳一把甩了出去,负疚地对着儿子,叫道:"雷雷!"

儿子雷雷打着干噎，小绿豆眼瞪得溜圆，十分陌生地望着他。他伸开臂膀，心虚地说："怎么啦？雷雷，我是爸爸呀！"

老婆挡开了他，说："呸！"

儿子忽然说："我出血了。"

儿子的左腿上有一处擦伤，血从伤口不断沁出。夫妻俩见了血，都发怔了：没有想到见血了！没有想到会见这么多血！总算印家厚首先摆脱了怔忡状态，从抽屉里找来了碘酒、棉签和消炎粉。老婆却还在发怔，颤抖，见血晕，眼里蓄了一包泪。印家厚利索地给儿子清洗和包扎伤口。在清洗和包扎伤口的过程中，印家厚完全清醒了，内疚感也渐渐消失了。是他给儿子止的血，不是别人。印家厚用脚把地上摔倒的家什归拢到一处，床前便开辟出了一小块空地，他把儿子放在空地上抢救。抢救成功之后印家厚摸了摸儿子的头，说："好了。快睡觉。"

"不行，雷雷得洗一洗。"老婆口气犟直。

"洗醒了还能睡吗？"印家厚软声地说。

"孩子早给摔醒了！"老婆终于能流畅地说话了。老婆一旦流畅说话滔滔不绝，就是印家厚的灭顶之灾了。她说："请你走出去访一访，看哪个工作了十七年还没有分到房子？！这是人住的地方吗？简直是猪狗窝！就是这猪狗窝还是我给你搞来的！是男子汉，要老婆儿子，就该有个地方养老婆儿子！窝囊巴叽的，八棍子打不出一个屁来，算什么男人！"

印家厚头一垂，怀着一腔辛酸，呆呆地坐在床沿上。其实房子和儿子摔下床有什么联系呢？老婆不过是借机发泄罢了。谈恋爱时候的印家厚就是厂里够资格分房的工人之一，当初他的确对老婆说过只要结了婚，就会分到房子的。是他夸下了海口，现在只好让她任意鄙薄。其实当初首先是厂长答应了他，他才敢夸那海口的。如今她可以任意鄙薄他，他却不能同样去对付厂长。

印家厚等待着时机，要制止老婆的话闸必须是儿子。趁老婆换气的当口，印家厚立即插了话："雷雷，乖儿子，告诉爸爸，你怎么摔下来了？"

儿子说："我要屙尿。"

老婆说："雷雷，说拉尿，不要说屙尿。说屙尿不文明！你拉尿不是要叫我的吗？"

儿子说："今天我想自己起床……"

"看看！"老婆顿时喜出望外，她目光炯炯，说，"他才四岁！四岁！谁家四岁的孩子会这么聪明懂事！"

烦恼人生

"就是!"印家厚抬起头来,掩饰着自己的高兴。并不是每个丈夫都会巧妙地在老婆发脾气时,去平息风波的。他说:"我家雷雷真是了不起!"

"嘿,我的儿子!"老婆说。

儿子得意地仰起红扑扑的小脸,说:"爸爸,我今天轮到跟你跑月票了吧?"

"今天?"印家厚这才注意到时间已是凌晨四点差十分了。

"对。"他对儿子说,"还有一个多小时咱们就得起床。快睡个回笼觉吧。"

"什么是——回笼觉,爸爸?"

"就是醒了之后再睡他一觉。"

"早晨醒了中午再睡也是回笼觉吗?"

印家厚笑了。只有和儿子谈话他才不自觉地笑。儿子是他的避风港。他回答儿子说:"大概吧,大概也可以这么说的。"

"那幼儿园阿姨说是午觉,她错了。"

"她也没错。雷雷,你看你洗了脸,清醒得过分了。"

老婆斩钉截铁地说:"摔清醒的!"话里依然含着寻衅的意味。

印家厚不想一大早就和老婆发生什么利害冲突。一天还长着呢，有求于她的事还多着呢。他妥协说："好吧，摔的，不管这个了，都抓紧时间睡吧。"

老婆半天坐着不动，等印家厚刚躺下，她又突然委屈叫道："睡！电灯亮刺刺的怎么睡？"

印家厚忍无可忍了，正要恶声恶气地回敬她一个"自己没有手关灯吗"，却想起灯绳让自己扯断了。他大大咽了一口唾沫，再次爬起来，找出工具，去修理开关。终于开关修理好了。老婆却已经打起了呼噜。而自己睡觉的时间却减少了许多。就在拉掉灯绳，电灯黑灭的一刹那，印家厚看见自己手中的起子寒光一闪，一个念头稍纵即逝。他再不敢去看老婆，他被自己念头的残暴吓坏了。

当眼睛适应了黑暗之后，人才会发现黑暗原来并不怎么黑。曙色朦胧地透过窗帘；大街上已有呼隆隆开过的公共汽车。印家厚异常清楚地看到，所谓家，就是一架平衡木，他和老婆摇摇晃晃在平衡木上保持平衡。你首先下地抱住了儿子，可我为儿子包扎了伤口。我扯断了开关我修理，你借来的住房你骄傲。印家厚感到异常地酸楚，又壮起胆子去瞅那把起子。后来天大亮了，印家厚觉得自己做过一个关于家庭的梦,但内容却实在记不得了。

还是起得晚了一点。八点上班,印家厚必须赶上六点五十分的那班轮渡才不会迟到。而坐轮渡之前还要乘四站公共汽车,上车之前下车之后还各有十几分钟的路程。万一公共汽车不准点呢?万一车准点人却挤不上车呢?不带儿子当然就不存在挤不上车的问题,可今天轮到他带儿子。印家厚用一个短短的呵欠强制驱除睡意,然后一边飞快地穿衣服一边用脚摇动儿子。"雷雷!雷雷!快起床!"

老婆将毛巾被扯过头顶,闷在里头说:"小点声不行吗?"

"实在来不及了。"印家厚说,"雷雷叫不醒。"

印家厚见老婆没有丝毫动静,只得一把拎起了儿子。"嗨,你醒醒!快!"

"爸爸,你别揉我。"

"雷雷,不能睡了。爸爸要迟到了,爸爸还要给你煮牛奶。"印家厚急了。

公共的卫生间有两个水池,十户人家共用。早晨是最紧张的时刻,大家排着队按顺序洗漱。印家厚一眼就量出自己前面有五六个人，估计去一趟厕所回来正好轮到。他对前面的妇女说："小金，我的脸盆排在你后边，我去一下就来。"小金表情淡漠地点了点头，然后用脚钩住地上的脸盆，随时准备往前移。

厕所又是满员。四个蹲位蹲了四个退休的老头。他们都点着烟，合着眼皮悠着。印家厚鼻孔里呼出的气一声比一声粗。一个老头嘎嘎笑了："小印，等不及了？"

印家厚勉强吭了一声，望着窗格子上的半面蛛网。老头又嘎嘎笑："人老了什么都慢，但再慢也得蹲出来，要形成按时解大便的习惯。你也真老实到家了，有厂子的人怎么不留到厂里去解呀。"

屁！印家厚极想说这个字，可他又不想得罪邻居，邻居是好得罪的么？印家厚憋得慌，提着双拳收紧肛门正要出去，身后终于响起了草纸的揉搓声，他的腿都软了。

返回卫生间，印家厚的脸盆刚好轮到，但后边一位女邻居已经跨过他的脸盆在刷牙了。印家厚不顾一切地挤到水池前洗漱起来。他没工夫讲谦让了。被挤在一边的妇女含着满口牙膏泡沫瞅了印家厚一眼，然后在他离开卫生间时扬声说："这种人，好没教养！"

印家厚听见了,可他只是希望他老婆没听见。他老婆听见了可不饶人,她准会认为这是一句恶毒的骂人话,又不免要和邻居妇女吵起架来。

糟糕的是儿子又睡着了。

印家厚一迭声叫"雷雷雷雷雷雷"。一面点着煤油炉煮牛奶,一面抽空给了儿子的屁股一巴掌。

"爸爸,别打我,我只睡一会儿。"

"不能了。爸爸要迟到了。"

"迟到怕什么。爸爸,我求求你。我刚刚出了好多的血。"

"好吧,你睡,爸爸抱着你走。"印家厚的嗓子沙哑了。

老婆掀开毛巾被坐起来,眼睛红红的。"来,雷雷,妈妈给你穿新衣服。海军衫,背上冲锋枪,在船上和海军一模一样。"

儿子来兴趣了:"大盖帽上有飘带才好。"

"那当然。"

印家厚向老婆投去感激的一瞥,老婆却没理会他。趁老婆哄儿子的机会,他将牛奶灌进了保温瓶,拿了月票、钱包、香烟、钥匙和梁羽生的武侠小说《风雷震九州》。老婆拿过一筒柠檬夹心饼干塞进他的挎包里,嘱咐和往常同样的话:"雷雷得先吃几块饼干再喝牛奶,空肚子喝牛奶不行。"说罢又扯住挎包塞进一个苹果,"午饭后吃。"接着又来了一条手帕。

印家厚生怕还有什么名堂,赶紧抱起儿子:"当兵的,咱们快走吧,战舰要启航了。"

儿子说:"妈妈再见。"

老婆说:"雷雷再见!"

儿子挥动小手,老婆也扬起了手。印家厚头也不回,大步流星汇入滚滚人流之中。他背后不长眼睛,但却知道,那排破旧老朽的平房窗户前,有一个烫了鸡窝般发式的女人,披了件衣服,没穿袜子,趿着鞋,憔悴的脸上雾一样灰暗。她在目送他们父子。这就是他的老婆。你遗憾老婆为什么不鲜亮一点吗?然而这世界上就只有她一个人在送你和等你回来。

机会还算不错。印家厚父子刚赶到车站,公共汽车就来了。这辆车笨拙得像头老牛,老远就开始迟钝缓慢哼哼唧唧。车停了,但人多得开不了门,顿时车里车外一起发作,要下车的人捶门,要上车的人踢门。印家厚把挎包挂在胸前,连儿子带包一齐抱紧。他像擂台上的拳击手,不停地跳跃挪动,目光犀利地观察着哪个门好上车,哪一堆人群是容易冲破的薄弱环节。

售票员将头伸出车窗说:"车门坏了。坏了坏了。"

车门未开就又启动前行了。马路上的臭骂暴雨般打在售票员身上。人们骂声未绝,车在前面突然刹住。"哗啦"一下车门全开,车上的人带着参加了某个密谋的诡笑冲下车来;等车的人们呐喊着愤怒地冲上前去。印家厚是跑月票老手了,他早看破了公共汽车的把戏,他一直跟着车子小跑。车上有张男人的胖脸在嘲弄印家厚。胖脸嘬起嘴,做着唤牲口的表情。印家厚牢牢地盯着这张脸,所有的气恼和委屈一起膨胀在他胸里头。他看准了胖脸要在中门下,他候在中门,好极了!胖脸怕挤,最后一个下车,慢吞吞好像是他自己的车。印家厚从侧面抓住车门把手,一步蹬上车,用厚重的背把那胖脸抵在车门上一挤,然后又一揉,胖脸啊呀呀叫唤起来,上车的人们不耐烦地将他扒开,扒得他在马路上团团转。印家厚缓缓地长长地舒了一口气。

车下的一切甩开了,抬头便要迎接车上的一切。印家厚抱着孩子,虽没有人让座但有人让出了站的位置,这就够令人满意了。印家厚一手抓扶手,一手抱儿子,面对车窗,目光散淡。车窗外一刻比一刻灿烂,朝霞的颜色抹亮了一爿爿商店。朝朝夕夕，老是这些商店，印家厚说不出为什么，一种厌烦、一种焦灼总是不近不远地伴随着他。此刻他只希望车别出毛病，快快到达江边。

儿子的愿望比父亲多得多："爸爸，让我下来。"

"下来闷人。"

"不闷。我拿着月票，等阿姨来查票，我就给她看。"

旁边有人称赞说这孩子好聪明，儿子更是得意非凡，印家厚不忍挫伤自己儿子幼稚的人生乐趣，只得放下了孩子。公汽忽然来了一个大大的急转弯，几个姑娘一下子全倒过来。印家厚护着儿子，不得不弯腰拱肩，用力往后撑。一个姑娘尖叫起来："呀——流氓！"印家厚大惑不解，扭头问："我怎么你了？"不知哪里一人插话说："摸了。"

一车人都开了心。都笑。姑娘破口大骂，找不到插话人，只好针对印家厚，唾沫直接喷上他的后颈脖。回头一看姑娘有张俏丽粉脸，印家厚握紧的拳头又松开了。父亲想干没干的事，儿子倒干了。雷雷从印家厚两腿之间伸过手去，朝姑娘一阵拳击，嘴里还念念有词："你骂人！你骂人！"

"雷雷！"印家厚赶快抱起儿子，但雷雷还是挨了一脚。

烦恼人生

这一脚正踢在雷雷凌晨跌伤的创口上。只听雷雷半哀半怒叫了一声,头发竖起,耳朵一动一动,扑在印家厚的肩上,啪地给了那姑娘一记清脆的耳光。众目睽睽之下,姑娘怔了一会儿,突然嘤嘤地哭了。

父子俩大获全胜下车,儿子非常高兴,挺胸收腹,小屁股鼓鼓的,一蹦三跳。印家厚耷头耷脑,他不知道为什么不能和儿子同样高兴。

下了公共汽车,便随着人流上轮渡。上了轮渡就像进了自家的厂,全是厂里的同事。

同事们纷纷和印家厚打招呼,"嘿,又轮到你带崽子了。"

"嗯。"

"当爹很幸福啊。"

"得了。"

都是熟人,自然是有人让出了座位。雷雷坐不住,四处都有人叫他逗他。厂里一个漂亮的女工,刚刚结婚,对孩子有着特别的兴趣,雷雷对她也特别有好感,一见她,就依偎过去了。

女工说:"印师傅,把印雷交给我,我来喂他喝牛奶。"

印家厚把挎包递过去，拍拍巴掌，做了几下扩胸运动，轻松了。整个早晨的第一次轻松。

有人说："你这崽子好眼力。"

"嗯。"印家厚答。

"来，凑一圈？"

"不来。我看牌。"印家厚说。

一支烟飞过来，印家厚伸手，准确接住，叼上嘴唇，划根火柴，点上了火，猛抽一口，深深吸进，徐徐呼出。汽笛短促地"呜呜"两声，轮船离开趸船，荡漾开去。

打牌的圈子很快便组合好了。大家各自拿出报纸杂志或者脱下一只鞋垫在屁股底下。甲板上顿时布满一个接一个的圈子。印家厚蹲在三个圈子交界处看三面的牌，半支烟的工夫，还没看出兴趣来，他走开了。有段时间印家厚对扑克瘾头十足，那是在二十五岁之前。他玩牌玩得可精，精到只赢不输，他感觉良好，自以为自己总也有一个方面战无不胜。不料，一天早晨，也就是在轮渡的甲板上，几个刚刚进厂的青工，十七八岁的半糙子，轻易就让他输了。突然，印家厚觉得扑克索然寡味。赢了怎样？输了又怎样？从此印家厚便不再玩牌。只偶尔看看。便只是偶然看看，也能够看出当事者完全是迷糊的，费尽心机，还是不免被运气捉弄。看那些人被运气捉弄得鬼迷心窍，嚷得脸红脖子粗，印家厚不由得直发虚。他想他自己从前一定也是这么一副蠢相。他妈的，世界上这事！——他暗暗叹息一阵。

雷雷的饼干牛奶顺利地吃进了肚子，乖乖地坐在一只巴掌大的小小折叠椅上，听那位漂亮女工讲故事。他看见他父亲走过来就跟没看见一样。印家厚冷冷地望了儿子好一会儿，莫名的感伤如同喷出的轻烟一样弥漫开去。

印家厚朝周围散了一圈烟，作为对自己刚上船就接到了一支香烟的回报。只要他抽了人家的烟，他就要往外散烟，不然像欠了债一样，不然就觉得不是男子汉的作为。散烟的时候他知道自己神情满不在乎，动作大方潇洒，他心里一阵受用——这常常只是在轮渡上的感受。下了船，在厂里，在家里，在公共汽车上，情况就比香烟的来往复杂得多，也古怪得多，他经常闹不清自己是否接受了或者是否付出了。这些时候，他就让自己干脆别想着什么接受付出，认为老那么想太小家子气，吞吐量太窄，是小肚鸡肠。

今年春季的长江，依然还有一江大水，江面宽阔，波涛澎湃。轮渡走的是下水，很是有点乘风破浪的味道。太阳从前方冉冉升起，一群洁白的江鸥追逐着船尾犁出的浪花，姿态灵巧可人。这是多少人向往的长江之晨呵，船上的人们却熟视无睹。印家厚伏在船舷上吸烟，心中和江水一样茫茫苍苍。自从他戒绝了扑克，自从他做了丈夫和父亲，他就爱伏在船舷上，朝长江抽烟；他就逐渐逐渐感到了心中的苍茫。

小白挤过来，问印家厚要了一支烟。小白是厂长办公室的秘书，是个愤世嫉俗的青年，面颊苍黄，有志于文学创作。

"他妈的！"小白说，"印师傅，你他妈裤子开了一条缝。这，好地方，大腿里，还偏要迎着太阳站。"

印家厚低头一看，果然里头的短裤都露出了白边。早晨穿的时候是没缝的，有缝他老婆不会放过。这缝是上车时挤开的。

"挤的。没办法。"印家厚说，"不要紧，这地方男人看了无所谓，女人又不敢看。"

"过瘾。你他妈这语言特生动。"小白说。

靠在一边看报的贾工程师颇有意味地笑了。他将报纸折得整整齐齐装进提包里，凑到这边来。

"小印，你的话有意思，含有一定的科学性。"

"贾工，抽一支。"

"我戒了。"

小白讥讽："又戒了？"

"这次真戒。"贾工掏出报纸，展得平平的，让大家看中缝的一则最新消息：香烟不仅含尼古丁、烟焦油等致癌物质，还含放射线。如果一个人一天吸一包烟，就相当于在一年之内接受二百五十次胸透。

贾工一边认真折叠报纸一边严峻地说："这次我真戒！人要有一股劲，一种精神，你看人家女排，四连冠！"

印家厚突然升起一股说不清的自卑感，他猛吸猛吐，让脸笼罩在一团烟雾里边。

小白说："四连冠算什么？体力活，死练，出憨劲就成。看作家，人家曹雪芹，住破草棚，稀饭就腌菜，十年写成《红楼梦》，流传百世。"

有人插进来说话了："去蛋！什么体力脑力，人哪，靠天生的聪明，玩都得玩得出名堂来。柳大华，玩象棋，国际大师称号。有什么比国际大师更中听？"

争论热烈，话题范围迅速扩大。

"中听有屁用！人家周继红，小丫头片子，全世界高手云集的锦标赛，她就凭一个筋斗往水里一栽，一块金牌，三室一厅房子，几千块钱奖金。"

印家厚叭叭吸烟，心中愈发苍茫了。他愤愤不平的心里真像有一江波涛在里面鼓动。同样都是人。都是人！

小白不服气，面红耳赤地争辩道："铜臭！文学才过瘾呢。诗人。诗。物质享受哪能比得上精神享受。有些诗叫你想哭想笑，这才有意思。有个年轻诗人写了一首诗，只一个字，绝了！听着，题目是《生活》，诗是：网。绝不绝？你们谁不是在网中生活？"

顿时静了。大家互相淡淡地没有笑容地看了看。

印家厚手心一热，无故兴奋起来："我倒可以和一首。题目嘛自然是一样，内容也是一个字——"

大家全盯着他。他稳稳地说："梦。"

生活是——网！

生活是——梦！

啊！啊！好呀！妙呀！大家都为印家厚脱口而出的一字诗"梦"叫好。以小白为首的几个文学爱好者团团围住他，要求与他切磋切磋现代诗。

轮渡兀然一声粗哑的"呜——"淹没了其他一切声音。渡轮，在江面上划出一道优美的弧线，转弯掉头，缓缓向趸船靠拢。印家厚哈哈笑了，甩出一个脆极的响指。看来这世界上没有什么人比别人高一等，他印家厚也不比任何人低一级。谁能料知往后的日子有怎样的机遇呢？

儿子向他冲过来，端着他的玩具冲锋枪，发出呼呼声，腿上缠着绷带，模样非常勇猛。谁又敢断言这小子将来不是个将军？

生活中原本充满了希望和信心。这是一个多么晴朗的五月的早晨！

随着人潮涌上岸去。该是吃早餐的时候了。只要赶上了这班船就成，就可以在上船之后停下来吃顿早饭。餐馆方便极了，就是马路边搭的一些个棚子。棚子两边立着半人高的炉子，都是汽油油桶改装而成，蓝色的火苗蹿出老高。一口油锅里炸着油条，油条放木排一般滚滚而来，香烟弥漫着，油焦味直冲喉咙；另一口大锅里装了大半锅沸腾的黄水，水面浮动一层更黄的泡沫，一柄长把竹篾笊篱塞了一窝油面，伸进沸水里摆了摆，提起来稍稍沥了水，然后扣进一只碗里，淋上酱油、麻油、芝麻酱、味精、胡椒粉，撒一撮葱花——热干面。武汉特产：热干面。这是印家厚从小吃到大的早点。两角钱一碗就能吃饱。现在有哪个大城市花两角钱能吃饱早餐？他连想都没想过换个花样。

卖票的桌子设在棚子旁边的大柳树下，售票员是个淡淡化了妆但脸上油迹斑斑的姑娘。树干上挂了一块小黑板，白粉笔龙飞凤舞写着：哗！凉面上市！哗！

一般热干面省去伸进锅里烫烫那道程序，就叫凉面。当然，应该是更加精细更加白皙更加爽口的才是正宗凉面，不过更贵。印家厚买了便宜凉面和油条。时间要抓紧，凉面比热干面吃起来快得多。父子俩动作迅速而果断，显出训练有素的姿态。这里父亲挤进去买票，那里儿子便跑去排热干面的队了。雷雷见取油条的队伍人不少，就很机智地把冲锋枪放在自己排队热干面的位置上，转身去排油条队。没料想油条很多，取油条连半秒钟都没有等。印家厚嘉奖地摸了把儿子的头。雷雷异常得意。可是印家厚买了凉面而不是热干面，儿子立刻霜打了一般，他怏怏地过去拾起了自己的枪——取热干面的队伍根本没理会这支枪，早跨越它向前进了；他发现了这一点，横端起冲锋枪，冲人们"哒哒哒"

烦恼人生

就是一梭子。

"雷雷！"印家厚吃惊地喝住儿子。

不到三分钟，早点吃完了。人们都是在路边吃，吃完了就地放下碗筷，印家厚也一样，放下碗筷，拍了拍儿子，走路。儿子捏了根油条，边走边吃，香喷喷的。印家厚想：这小子好残酷，提枪就扫射，怎么得了！像谁？他可没这么狠的心；老婆似乎也只是嘴巴狠，实属刀子嘴豆腐心。怎么得了！他提醒自己儿子要抓紧教育了！不能再马虎了！立时印家厚的背就弯了一些，仿佛肩上加压了。上了厂里接船的公共汽车。印家厚试图和儿子聊聊。"雷雷，晚上回家不要惹妈妈烦，不要说我们在路边吃了凉面。"

"不是'我们'，是你自己。"

"好。我自己。好孩子要学会对别人体贴。"

"爸，妈妈为什么烦？"

"因为妈妈不让我们用路边餐馆的碗筷，说那上面有细菌。"

"吃了会肚子疼的细菌吗？"

"对。"

"那你为什么不听妈妈的话?"

他低估了四岁的孩子。哄孩子的说法的确过时了。

"喏,是这样。本来是不应该吃的。但是在家里吃早点,爸爸得天不亮就起床开炉子,为吃一碗面条弄得睡眠不足又浪费煤。到厂里去吃吧,等爸爸到厂时,食堂已经卖完了。带上碗筷吧,更不好挤车。没办法,就只能在餐馆吃了。好在爸爸从小就吃凉面,习惯了,对上面的细菌有抵抗力了。你年纪小抵抗力差,就不适合吃路边餐馆了。"

"哦,知道了。"

儿子对父亲认真的回答十分满意。对,就这么循循善诱。印家厚刚想进一步涉及对人群开枪扫射的问题,儿子又说话了:"我今天晚上一回家就对妈妈说,爸爸今天没有吃凉面。对吧?"

印家厚啼笑皆非,摇摇头。也许他连自己都没教育好呢。如果告诉儿子凡事都不能撒谎,那么将来儿子怎么对付许许多多不该讲真话的事?

送儿子去了厂幼儿园之后得跑步到车间。

在幼儿园磨蹭的时间太多了。阿姨们对雷雷这种"临时户口"牢骚满腹。她们说今天的床铺、午餐、水果糕点、喝水用具、洗脸毛巾全都安排好了，又得重新分配，重新安排，可是食品已经买好了，就那么多，一下子又来了这么些"临时户口"，僧多粥少，怎么弄？真烦人！

印家厚一个劲赔笑脸，做解释，生怕阿姨们怠慢了他的儿子。

上班铃声响起的时候，印家厚正好跨进车间大门。

记考勤的老头坐在车间门口，手指头按在花名册上印家厚的名字下，由远及近盯着印家厚，嘴里嘀咕着什么。这老头因工伤失去了正常健全的思维能力，但比正常人更铁面无私，并且厂里认为他对时间的准确把握有特异功能。印家厚与老头对视着。他皮笑肉不笑地对老头做了个讨好的表情。老头声色不动，印家厚只好匆匆过去。老头从印家厚背影上收回目光，低下头，精心标了一个1.5。车间太大了，印家厚从车间大门口走到班组的确需要一分半钟，因此他今天就算是迟到了。

印家厚在卷取车间当操作工。他不是一般厂子的一般操作工，而是经过了一年理论学习又一年日本专家严格培训的现代化钢板厂的现代化操作工。他操作的是日本进口的机械手。一块盖楼房用的预制板大小的钢锭到他们厂来，十分钟便被轧成纸片薄的钢片，并且卷得紧紧的，拦腰捆好，摞成一码一码。印家厚就干卷钢片，包括打捆这活。他的操作台在玻璃房间里面，漆成奶黄色；斜面的工作台上，布满各式开关、指示灯和按钮。这些机关下面的注明文字清一色是日文。一架彩色电视屏幕正向他反映着轧钢全过程中每道程序的工作状况。车间和大教堂一般高深幽远，一般洁净肃穆，整条轧制线上看不见一个忙碌的工人，钢板，乃至钢片的质量由放射线监测并自动调节。全自动，不要工人去流血流汗，这工作还有什么可挑剔的？

七十年代建厂时，它便具有了七十年代世界先进水平，八十年代在中国，目前仍是绝无仅有的一家，参观的人从外宾到少数民族兄弟，从小学生到中央首长，潮水般一层层涌来。如果不是工作中掺杂了其他种种烦恼，印家厚对自己的工作会保持绝对的自豪感，热爱并十分满足。

印家厚有个中学同学，在离这儿不远的炼钢厂工作，该同学就从来不敢穿白衬衣；穿什么也逃不掉一天下来之后那领口袖口的黄红色污迹，并且用任何去污剂都洗不掉。这位老弟写了一份遗嘱，说：在我的葬礼上，请给我穿上雪白的衬衣。他把遗嘱寄给了冶金部部长，因此他受到行政处分。而印家厚所有的衬衣几乎都是白色的，配哪件外衣都帅。轮到情绪极度颓丧的时候，印家厚就强迫自己想想同学的处境，忆苦思甜以解救自己。

眼下正是这样。印家厚瞅着自己白衬衣的袖口，暗暗摆着自己这份工作的优越性，尽量对大家的发言充耳不闻。本来工作得好好的。站立在操作台前，看着火龙般飞舞而来的钢片在自己这儿变成乖乖的布匹，一任卷取……可是，厂长办公室决定各车间开会。开会评奖金。

四月份的奖金到五月底还没有评出来，厂领导认为严重影响了全厂职工的生产积极性。车间主任一开始就表情不自然，讲话讲到离奖金十万八千里的计划生育上去了。有人暗里捅捅前一个的腰，前面的人便噤声敛气注目车间主任。捅腰的暗号传递给了印家厚，印家厚立刻意识到气氛的异样。

会不会……出什么……意外？印家厚惴惴地想。

终于，车间主任一个回马枪，提起奖金问题，并亮出了实质性的内容：厂办明确规定，严禁在评奖中搞"轮流坐庄"，否则，除了扣奖之外还要处罚。这次决不含糊！

印家厚在一瞬间有些茫然失措，心中哽了团酸溜溜的什么。可是很快地便恢复了常态。

"轮流坐庄"这词是得避讳的，因为它篡改了竞争机制的基本原则。平日车间班组也从来没人提及。但是！但是自从奖金的分发必须按照厂部规定打破平均主义以来，大家自然而然地默契地采用"轮流坐庄"的方法。一、二、三等奖逐月轮流，循环往复。因此几年来，同事之间一直和谐相处，绝无红脸之事；车间领导睁只眼闭只眼，顺其自然。车间便又被评为精神文明模范单位。好端端今天突然怎么啦？

众人的眼光在印家厚身上游来游去，车间主任老是注意印家厚。大家都知道，这个月该是轮到印家厚得一等奖了。一等奖三十元。印家厚早就和老婆算计好这笔钱的用途：给儿子买一件电动玩具，剩下的去"邦可"吃一顿西餐。也挥霍一次享受一次吧，他对老婆说。老婆展开了笑颜：早就想尝尝西餐是什么滋味，每月总是没有结余，不敢想。

老婆前几天还在问："奖金发了吗？"

他答道："快了。"

"是一等奖？"

"那还用说！轮到的，理所当然！"

印家厚不愿意想起老婆那难得和颜悦色的脸，她说得有道理，哪儿有让人舒心的事？他看了好一会儿洁白的袖口，又吧嗒吧嗒挨个活动指关节。二班的班长挪到印家厚身边。他俩的处境一样。二班长说："喂喂，小印，人善被人欺，马善被人骑。"

"得了！"印家厚低低吼了一句。

二班长说："肯定有人给厂长写信反映情况。现在有许多婊子养的可喜欢写信了。咱俩是他妈什么狗屁班长，干得再多也不中。太欺负人了！这次咱们得说话，就是吃亏也得吃在明处。"

印家厚说："像个婆娘！"

二班长说："看他们评个什么结果，若是太过分，我他妈干脆给公司纪委寄份材料，把这一肚子假改革真大锅饭的烂渣全捅出去。"

印家厚干脆不吱声了。

如果说评奖结果未出来之前印家厚还存有一丝侥幸心理的话，有了结果之后他不得不彻底死心了。他总以为即便不按轮流坐庄，四月份的一等奖也应该评他。四月份大检修，他日夜在厂里加班加点，干得好苦！没有人比他干得更苦的了，这是大家有目共睹的。可是为了避嫌轮流坐庄,大家来了个极端,把印家厚评了个最末等,直接打到最底层:三等奖。五元钱。

车间主任为了掩饰他的不公,居然还公布了考勤表。车间主任装成无可奈何的样子念迟到、旷工、病事假的符号,却一概省略了迟到的时间。有人指出这一点,车间主任手一摆,说:"时间长短无关紧要。那个人不太正常嘛。"印家厚又吃了暗亏。如果念出某人迟到一分半钟,大家会哄堂一笑,一笑了之;可光念迟到,印家厚就是迟到了,这让许多评他三等奖的人心里宽松了不少。

当车间主任指名道姓问印家厚要不要发表什么意见时,他张口结舌,拿不定该不该说点什么。

说点什么呢?

早晨在轮渡上,他冲口而出《生活一梦》的一字诗,思维敏捷,灵气逼人。他对小白一伙文学青年侃侃而谈,谈古代作家的质朴和浪漫、当代作家的做作和卖弄,谈得小白痛苦不堪可又无法反驳。现在仅仅只过去了四个钟头,印家厚的自信就完全被自卑代替了。他站起来说了一句什么话,含糊不清,他自己都没听清就又含糊坐下了。

似乎有人在窃窃地笑。

印家厚的脖子根升起了红晕，猪血一般的颜色。其实他并不计较多少钱，但如果人们以为他——一个大男人，被五块钱打垮了。五块钱。笑掉人的牙齿。印家厚让悲愤堵塞了胸口，其实他拿不定该不该说点什么仅仅只是他怕大家难堪而已。现在一悲愤，印家厚倒是想说话了。他思谋着腾地站起来哈哈大笑，或说出一句幽默潇洒、满不在乎的话，想是这么想，他却怎么也做不出这个动作来，猪血的颜色在他面部迅速地布满。

印家厚的徒弟解了他的围。

雅丽蓦地立起身，故意撞掉了桌子上的一只水杯，一字一板地说："讨厌！"

雅丽见同事们的目光都集中在她身上，她噗地吹了吹额前的头发，孩子气十足地说："几个钱的奖金有什么纠缠不清的，别说一等奖三十块钱，三百块又怎么样？并不是每个人都在乎的。你们只要睁大眼睛看谁干得多，谁干得少，心里有个数就算是有良心的人了。"

车间主任说："雅丽！"

雅丽说："我说错了吗？别把人老浸在铜臭里。关键是公平！是良心！"

也不知好笑在哪儿，大家哄哄一笑，有人调和："雅丽小女孩雅丽小女孩，天真，天真。"雅丽也就借机下了台阶，假装稚气地傻笑笑，说："主任大人，吃饭时间都过了。"

"散会吧。"车间主任也笑了笑。

雅丽和印家厚并肩走着去食堂，她伸手掸掉了他背上的脏东西。

印家厚说："吃饭了。"

雅丽说："咱们吃饭去。"

五月的蓝天里飘着许多白云。路边的夹竹桃开得娇艳。师徒俩一人拿了一个饭盒，迎着春风轻快地往前走。印家厚清晰地感觉到自己的侧面晃动着一张年轻而且喷香的脸，他不自觉地希望去食堂的这段路更远些更长些。

雅丽说："印师傅，有一次，我们班里——哦，那是在技校的时候，班里评三好生，我几乎是全票通过，可班委会研究时刷下了我。三好生每人奖一个铝饭锅，他们都用那锅吃饭，上食堂把锅敲得叮咚响，我气得不行，你猜我怎么啦？"

"哭了。"

烦恼人生

"哭？哈，才不呢！我也买只一模一样的，比他们谁都敲得响。"

雅丽在试图宽慰师傅。印家厚咧唇一笑。虽然这例子举得不着边际，于事无补，但毕竟有一个人在用心良苦地宽慰他。

"对。三好生算什么。你挺有志气的。"

雅丽咯咯地笑，笑得很美，脸蛋和太阳一样。她说："人生得一知己足矣。"

印家厚心里咯噔了一下，面上纹丝不动。雅丽小跑了两步，跳起来扯了一朵粉红的夹竹桃，对花吹了一口气，尽力往空中甩去。姑娘天真活泼犹如一只小鹿，那扭动的臀部、高耸的胸脯分明流露出女人的无限风情。

"我不想出师，印师傅，我想永远跟随你。"

"哦，哪有徒弟不出师的道理。"

"有的。只要我愿意。"雅丽的声音忽然老成了许多，脚步也沉重了。印家厚心里不再咯噔，一块石头踏踏实实地落下——他多日的预感、猜测，变成了现实。并非他自己一厢情愿，雅丽对他是有那种感觉的。

雅丽用女人常用的痛苦而沙哑的声音低低地说："我没其他

办法，我想好了，我什么也不要求，永远不，你愿意吗？"

印家厚说："不。雅丽，你这么年轻……"

"别说我！"

"你还不懂——"

"别说我！说你，说，你不喜欢我？"

"不！我，不是不喜欢你。"

"那为什么？"

"雅丽，你不懂吗？你去过我家的呀。"

"那有什么关系？！我说了我不要求呀。我不要名分，不要家庭，我可以生活在另一个世界，只要和你。我觉得师傅你真的不能这样过日子，这样太没意思太苦太埋没人了。"

印家厚的头嗡嗡直响，声音越变越大，平庸枯燥的家庭生活场面旋转着，把那平日忘却的烦恼琐事一一飘浮在眼前。有个情人不是挺好的吗——这是男人们私下的话题。他定睛注视雅丽，雅丽迎上了清澈的眼光。印家厚突然意识到自己的浑浊和肮脏。他说："雅丽，你说了些什么哟，我怎么一句也没听明白，我一心想着他妈的评奖的事。"

雅丽停住了。她仰起脑袋平视着印家厚，亮亮的泪水从深深的眼窝中奔流出来。

后面来人了。一群工人，敲着碗，大步流星。

印家厚说："快走，来人了。"

雅丽不动，泪水流个不止。

印家厚说："那我先走了。"

印家厚夺路而逃。他非常担心被他人发现蛛丝马迹。群众的眼睛是雪亮的，尤其对于男女私情。

等人群过去，印家厚回头看时，雅丽仍然那么倔强地立在原地，远远地，一个人，在路边太阳下。印家厚知道，自己若是返回她身边，这一缕情丝则必然又剪不断，理还乱；若独自走掉，雅丽的自尊心又会大大受伤害。他遥遥望着雅丽，进退不得。他承认自己的老婆不可与雅丽同日而语，雅丽是高出一个层次的女性；他也承认自己乐于在厂里加班加点与雅丽的存在不无关系。然而，他不能同意雅丽的要求和观点。不能的理由太多太充足了。雅丽年轻漂亮，以后还要恋爱结婚生儿育女，自己以后也还要做人。他做人已经做得太辛苦，他不想让自己更加辛苦。

印家厚只是向雅丽招了招手，然后转身跑向食堂。他明明知道，事情并没有结束。

食堂有十个窗口。十个窗口全是同样长的队伍。印家厚随便站了一个队。

二班长买了饭,双手高举饭碗挤出人群,在印家厚面前停了停。印家厚以为他又要谈评奖的事。他也被很不公平地评了三等奖。不过他现场不但没有吵闹争论,反而讨好卖乖,在车间主任的指名下发言了,说他自己是班长,应该多干活的,三等奖比起所干的活来说都是过奖的了。他若真是个乖巧人,就不该提评奖的事情,印家厚已经准备了一句"屁里屁气"赠送给他。

"哦!行不得也,哥哥。"二班长把雅丽的嗓音模仿得惟妙惟肖。

"屁里屁气!"印家厚回敬说。对于二班长的下流玩笑,这句话一样管用。

今天上午没一桩事幸运。榨菜瘦肉丝没有了,剩下的全是大肥肉烧什么、盖浇什么,一个菜六角钱,又贵又难吃,印家厚决不会买这么贵的菜。他买了一份炒小白菜加辣萝卜条,一共一角五分钱。食堂里人头攒动,热气腾腾,没买上可意菜的人边吃边骂骂咧咧,此外便是一片咀嚼声。印家厚蹲在地上,捧着饭盒,和人们一样狼吞虎咽。他不想让一个三等奖弄得饭都不香了。吃了一半,小白菜里出现了半条肥胖的,软而碧绿的青虫。他噎住了,看着半截子青虫,恶心的清涎一阵阵往上涌。没有半桩好事——他妈的今天上午!他再也不能忍耐了。印家厚把青虫摊在饭碗里,端着,一直寻到食堂里面的小餐室里。

食堂管理员正在小餐室里招待客人,一半中国人一半日本人。印家厚把管理员请了出来,让他尝尝他手下的厨师们炒的白菜。管理员不动声色地望望菜里的虫又不动声色地望了望印家厚,招呼过来一个炊事员,说:"给他换碗饭菜得了。"他那神态好像打发一个要饭花子,吩咐后便又一溜烟进了小餐室。年轻的炊事员根本没听懂管理员那句浙江方言是什么意思,朝印家厚翻了翻白眼,耸了耸肩,说:"哈啰?"

印家厚本来是看在有日本人在场的分上才客客气气,"请出"管理员的。家丑不可外扬嘛。这下他要给他们个厉害瞧瞧了。印家厚重返小餐室,捏住管理员的胳膊,把他拽到墙角落,将饭菜底朝天扣进了他白围裙胸前的大口袋里。

雷雷被关"禁闭"了。

幼儿园大大小小的孩子都在床上睡午觉，只有雷雷一个人被锁在"空中飞车"玩具的铁笼里。他无济于事地摇撼着铁丝网，一看见印家厚，叫了声"爸！"就哭了。

一个姑娘闻声从里面房间奔了出来，奶声奶气地讥讽："噢，原来你还会哭？"

印家厚说："他当然会哭。"

姑娘这才发现印家厚，脸上一阵尴尬。这是个十分年轻的姑娘，穿着一件时髦的薄呢连衣裙。她的神态和秀丽的眉眼使印家厚暗暗大吃一惊。这姑娘酷像一个人。印家厚顷刻之间便发现或者认可了他多年来内心深藏的忧郁，那是一种类似遗憾的痛苦、不可言传的下意识的忧郁。正是这股潜在的忧郁使他变得沉默，变得一切都不在乎，包括对自己的老婆。

姑娘说："对不起。你的儿子不好好睡午觉，用冲锋枪在被子里扫射小朋友，我管不过来，所以……"就连声音语气都像印家厚记忆中的那个人。

印家厚只觉得心在喉咙口上往外跳，血液流得很快。他对姑娘异常温厚地笑笑，尽量不去看她，转过身面对儿子，决定恩威并举，做一次像电影银幕上的很出色很漂亮的父亲。他阴沉沉地

烦恼人生

问："雷雷，你扫射小朋友了吗？"

"是……"

"你知道我要怎么教训你吗？"

儿子从未见过父亲这般的威严，怯怯地摇头。

"承认错误吗？"

"承认。"

"好。向阿姨承认错误，道歉。"

"阿姨，我扫射小朋友，错了，对不起。"

姑娘连忙说："行了行了，小孩子嘛。"她从笼子里抱出雷雷。

泪珠子停在儿子脸蛋中央，膝盖上的绷带拖在脚后跟上。印家厚换上充满父爱的表情，抚摸儿子的头发，给儿子擦眼泪，重新包扎绷带。

"雷雷，跑月票很累人，知道吗？"

"知道。"

"爸爸还得带上你跑就更累了。"

"是的。"

"你如果听阿姨的话，好好睡午觉，爸爸就可以休息一下。

不然,爸爸就会累垮的。雷雷一定会帮助爸爸,不要爸爸累垮对吧?"

"当然,爸爸。"

"好!那就乖乖去睡午觉。去,自己动手脱衣服。"

"爸,早点来接我。"

"好的。"

雷雷径直走进里间,乖乖的,自己脱衣服,爬上床钻进了被窝。

姑娘说:"你真是个好父亲!"

印家厚不禁产生几分惭愧,他其实是在表演,若是平时,一巴掌早烙在儿子屁股上了。他是在为这个姑娘表演吗?他不太愿意承认这点。玩具间里,印家厚和姑娘呆呆站着。他突然意识到自己没理由再站下去了,说:"孩子调皮,添麻烦了。"

"哪里。这是我的工作。我——"

印家厚敏感地说:"你什么?说吧。"

姑娘难为情地笑了一笑,说:"算了算了。"

凭空产生的一道幻想,闪电般击中了印家厚,他按捺不住激动的心情。"你叫什么名字?"

"肖晓芬。"

印家厚一下子冷静了许多。这个名字和他刻骨铭心的那个名字完全不相干。但毕竟太相像了，他愿意与她多在一起待一会儿。"你刚才有什么话要说，就说吧。"

姑娘诧异地注视了他一刻，偏过头，伸出粉红的舌尖舔了舔嘴唇，说："我是一个待业青年，喜欢幼儿园的工作。我来这里才两个月，那些老阿姨们就开始在行政科说我的坏话，想要厂里解雇我。我想求你别把刚才的事说出去，她们正挑我的毛病呢。"

"我当然不会说。是我儿子太调皮了。"

"谢谢！谢谢！师傅你真好！"

姑娘低下头，使劲眨着眼皮，睫毛上挂满了细碎的泪珠。印家厚的心生生地疼，为什么每一个动作都像绝了呢？

"晓芬，新上任的行政科长是我的老同学，我去对他说一声就行了。要解雇就解雇那些脏老婆子吧。"

姑娘一下子仰起头，惊喜万分，走近了一步，说："是吗？"

鲜润饱满的唇，花瓣一般开在印家厚的目光下，印家厚不由自主地靠近了一步,头脑里嗡嗡乱响,一种渴念,像气球一般吹得胀胀的。他似乎看见,那唇迎着他缓缓上举……突然他好像猛地被人拍了一下,清醒了。没等姑娘睁开眼睛,印家厚掉头冲出了幼儿园。

马路上空空荡荡,厂房里静静悄悄。印家厚一口气奔出了好远好远。在一个无人的破仓库里,他大口大口喘气,一连几声呼唤着他心底里的那个名字。印家厚渐渐安静下来,用指头抹去了眼角的泪,自嘲地舒出一口气,恢复了平常的状态。

现在他该去副食品商店办事了。天下居然有这么巧的事,印家厚和他老婆同年同月同日出生,他们俩的父亲也是同年同月同日出生。下个月十号是老头子们——他老婆这么称呼——的生日。五十九周岁,预做六十大寿。做生日,男虚女实,这是老规矩。

印家厚不记得有谁给自己做过生日,他自己也从没有为自己的生日举过杯。做生日是近些年才蔓延到寻常人家的。老头子们赶上了好年月。五年前他满二十九岁,该做三十岁的生日。老婆三天两头念叨:"三十岁也是大寿哩,得做做的。"正儿八经到了生日那天,老婆把这事给忘了。老婆她妹妹那天要相对象,她应邀去陪她妹妹。晚上回来,老婆兴奋地告诉印家厚:"人家一直以为是我,什么都冲着我来,可笑不?"印家厚倒觉得这是件可喜可贺的事情,居然有人把他老婆误认为是未嫁姑娘。关于生日,没必要责怪老婆,她连自己的也忘了。

老婆和他商量给老头子买什么生日礼物。轻了可不行,六十岁是大生日;重了又买不起。重礼不买,这就已经排除了穿的和玩的,那么买喝的吧,酒。他们开始物色酒。真正的中国十大名酒市面上是极少见到的,他们托人找了些门路也没结果,只好降格求其次了。光是价钱昂贵包装不中看的,老婆说不买,买了是吃哑巴亏的,老头子们会误以为是什么破烂酒呢;装潢华丽价钱一般的,他们也不愿意买,这又有点哄老头子们了,良心上过不去;价钱和装潢都还相当,但出产地是个未见经传的乡下酒厂,又怕是假酒。夫妻俩物色了半个多月,酒还没有买到手。

厂里这家副食商店曾一度名气不小,武汉三镇的人都跑到这里来买烟酒。因为当时是建厂时期,有大批的日本专家在这里干活,商店是为他们开设的,自然不缺好烟酒。日本专家回国后,这里也日趋冷清。虽是冷清了,但偶尔还可以从库里翻出些好东西来。印家厚近来天天中午逛逛这个店子。

"嗨。"印家厚冲着他熟悉的售货员打了个招呼，递烟。

"嗨。"

"有没有？"

"我把库里翻了个底朝天，没希望了。"

"能搞到黑市不？"

"你想要什么？"

"自然是好的。"

"'茅台'怎么样？"

"好哇！"

"要多少？先交钱后给货，四块八角钱一两。"

印家厚不出声了。干瞅着售货员心里在默默盘算：一斤就是四十八块钱。两家老人，得买两斤。九十六块整。一个月的工资，包括奖金全没有了。牛奶和水果又涨价了，儿子却是没有一日能缺这两样东西的；还有鸡蛋和瘦肉。万一又来了其他的应酬，比如朋友同事的婚丧嫁娶，那又是脸面上的事，红包赖不过去的。

印家厚把眼皮一眨说："伙计，你这酒吓人。"

"吓谁啦？一直这个价，还在看涨。这买卖是'周瑜打黄盖'，两相情愿的事。你这做儿子女婿的，没孝心就是了。"

"孝心倒有。只是心有余力不足。"印家厚打了几个干哈哈退出了商店。

要是两位老人知道他这般盘算，保证喝了"茅台"也不香。印家厚想，将来自己做六十岁生日必定视儿子的经济水平让他意思意思就行了。

雅丽在斜穿公路的区间火车的铁轨上等着他。印家厚一发现雅丽，立刻就装出突然想起了什么似的，摸了摸上上下下的口袋，扭头往副食商店走。

雅丽大方地说："我来给你送信的。"

印家厚只好停止装模作样。平时他的信很少，只有发生了什么大事，亲戚朋友们才会写信来。信是从本市的火车站寄来的，印家厚想不起有哪位亲戚朋友在火车站工作。他拆开信，落款是：你的知青伙伴江南下。印家厚松了一口气。

"没事吧？"雅丽说。

"没。"印家厚想起了肖晓芬。想起了那份心底的忧伤。他明白了自己的心是永远属于那失去了的初恋姑娘的，只有她才能真正激动他。除她之外,所有女人他都能镇静地理智对待。一旦理智降临,印家厚就比较会处理问题了,他说:"雅丽,我想说了自己的真实想法后,你一定会理解的。你看你,又聪明,有教养,年轻活泼又漂亮,我是十分愿意和你一起工作的。甚至加班——"

"我不要你告诉我这些!"雅丽打断了他,倔劲儿又上来了,很强烈地说:"这是你的想法,也许是对的。可不是我的!"

雅丽走了。昂着头,神情悲凉。

印家厚不敢随后进入车间,他怕遭人猜测,就独自走到车间后面的树林子里去了。

江南下,这是一个矮小的、目光闪闪的腼腆寡言的男孩。他被招工到哪儿了?不记得了。江南下的信写道:"我路过武汉,逗留了一天,偶尔听人说起你,很激动。想去看看,又来不及了。

"家厚,你还记得那块土地吗?我们第一夜睡在禾场上的队屋里,屋里堆满了地里摘回的棉花,棉花上爬着许多肉乎乎的粉红的棉铃虫。贫下中农给我们一只夜壶,要我们夜里用这个,千万别往棉花上尿。我们都争着试用,你说夜壶口割破了你的皮,大家都发疯地笑,吵着闹着摔破了那玩意儿。

"你还记得下雨天吗?那个狂风暴雨的中午,我们在屋里吹拉弹唱。六队的女知青来了,我们把菜全拿出来款待她们,结果后来许多天我们没菜吃,吃盐水泡饭。

"聂玲多漂亮啊,那眉眼,美绝了,你和她好,我们都气得要命。可后来你们为什么分手了?这个我至今也不明白。

"那只小黄猫总跟着我们在自留地里,每天收工时就在巷子口接我们,它怀了孕,我们想看它生小猫,它就跑了。唉,真是!

"我老婆没当过知青,她说她运气好,可我认为她运气不好。女知青有种特别的味儿,那味儿可以使一个女人更美好一些。你老婆是知青吗?我想我们都会喜欢那味儿,那是我们时代的秘密。

"家厚,我们都三十好几的人了。我已经开始谢顶,有一个七岁的女儿,经济条件还可以。但是,生活中烦恼重重,老婆也就那么回事,我觉得我给毁了。

"现在我已是正科级干部,入了党,有了大学文凭,按说我该知足，该高兴，可我怎么也不能像在农村时那样开怀地笑。我老婆挑出了我几百个毛病，正在和我闹离婚。

"你一切都好吧？你当年英俊年少，能歌善舞，多才多艺，性情宽厚，你一定会比我过得好。

"另外，去年我在北京遇上聂玲了。她仍然不肯说出你们分手的原因。她的孩子也有几岁了，却还显得十分年轻……"

印家厚把信读了两遍，一遍匆匆浏览，一遍仔细阅读，读后将信纸捏入了掌心。印家厚靠着一棵大树坐下，面朝太阳，合上眼睛；透过眼皮，他看见了五彩斑斓的光和树叶。后面是庞然大物的灰色厂房，前面是柏油马路，远处是田野。印家厚歪在树林里的草丛中，让万千思绪飘来飘去。聂玲聂玲，这个他从不敢随便提及的名字，江南下毫不在乎地叫来叫去，于是一切都从最底层浮了起来……五月的风里饱含着酸甜苦辣，从印家厚耳边呼呼吹过，他脸上肌肉细微地抽动，有时像哭有时像笑。

空中一絮白云停住了，日影正好投在印家厚额前。他感觉了阴暗，以为是人站在了面前，便忙睁开眼睛。没有人。更没有初恋情人。在明丽的蓝天白云绿叶之间，只有他的工厂、他的工作、他在幼儿园的儿子，以及由于儿子的存在必定存在着的儿子的母亲。印家厚使劲地，把他最深的遗憾和痛苦再一次埋入了心底。接着，个人记忆就变得明朗有节奏起来。印家厚进了钢铁公司，被派去北京学习，和日本人一块干活，为了不被筛选掉拼命啃日语。找对象，谈恋爱，结婚。父母生病住院，天天去医院护理。兄妹吵架扯皮，开家庭会议搞平衡。物价上涨，工资调级，黑白电视换彩色的，洗衣机淘汰单缸时兴双缸——所有这一切，他一一碰上了，他必须去解决。解决了，也没有更多乐趣，完成任务而已。没解决就更烦人。例如至今他没去解决电视更新换代问题，儿子就有些瞧不起他了，一开口就说谁谁谁的爸爸给谁谁谁买了一台彩电，带电脑控制的。为了让儿子有个可以自豪的爸爸，印家厚正在加紧攒钱和筹款。

少年的梦总是有着浓厚的理想色彩，一进入成年便在无形中被瓦解了。印家厚随着整个社会流动，追求，关心。关心中国足球队是否能进军墨西哥；关心中越边境战况；关心生物导弹治疗癌症的效果；关心火柴涨价到几分钱一盒了，关心单位一次次的分配住房方案自己排队到了哪个环节，他几乎从来没有想是否该为少年的梦感叹。他只是十分明智地知道自己是个普通男人，靠劳动拿工资生活，哪有工夫去想入非非呢？日子总是那么快，一星期一星期地闪过去。老婆怀孕后,他连尿布都没有准备充分,婴儿就出生了。

老婆就是老婆。人不可能十全十美。记忆归记忆。痛苦应该咬着牙吞下去。印家厚真想回一封信,谈谈自己的观点,宽宽那个正遭受着离婚危机的知青伙伴的心,可他不知道写了信该往哪儿寄。

江南下,向你致敬!冲着你不忘故人,冲着你把知青战友从三等奖的恶劣情绪中解脱出来。

印家厚一弹腿跳了起来,做了一个深呼吸,朝车间走去。相比之下,他感到自己生活正常,拥有儿子,家庭稳定,精力充沛,情绪良好,能够面对现实。他的自信心又陡然增强了好多倍。

下午不错。主要是下午的开端不错。

来了一拨参观的人。谁也不知道这些人是哪个地方哪个部门来的,谁也不想知道,谁都若无其事地干活。这些见得太多了。倒是参观的人们不时从冷处瞟着操作的工人们,恐怕是纳闷这些工人怎么一点不好奇参观的人。来参观的人一般都觉得自己是人物，都非同小可。印家厚们倒是司空见惯，懒得理睬。

车间主任骑着一辆铮蓝的轻便小跑车，从车间深处溜过来，默默扫视了一圈。将本来就撂在踏板上的脚用力一踩，掉头去了。他事先通知印家厚要亲自操作，让雅丽给参观团当讲解员。印家厚正是这么做的。车间主任准认为三等奖委屈了印家厚，否则他不会来检查。以为印家厚会因为只得了五元钱奖金就赌气不上操作台，错了！印家厚的目光抓住了车间主任的目光，无声却又明确地告诉他：你错了。车间主任调开了目光，他当然明白了印家厚的意思。只要有一个人明白了他的心，尤其是车间里最重要的人物，印家厚就满足了。受了委屈不要紧，要紧的是在于有没有人知道你受了委屈。

参观团转悠了一个多小时，印家厚硬是直着腿挺挺地站了过来。一个多小时没人打扰他，挺美的。班组的同事今天全都欠他的情，全都看他的眼色行事以期补偿。

雅丽上来接替印家厚。两人都没说话，配合得非常默契。只有印家厚识别得出雅丽心上的黯淡，但他决定不闻不问。

"好！堵住你了，小印。"工会组长哈大妈往门口一靠，封死了整扇门。她手里挥动着几张揉皱的材料纸，说："臭小子，就缺你一个人了。来，出一份钱：两块。签个名。"

印家厚交了两块钱，在材料纸上划拉上自己的名字。

哈大妈急煎煎走了。转身的工夫，又急煎煎回来了。依旧靠在门框上。"人老了。"她说，"可不是该改革了。小印，忘了告诉你这钱的用途，我们车间的老大难苏新结婚了！大伙向他表示一份心意。"

"知道了。"印家厚说。其实他根本没听过这个名字。他问旁的人："苏新是谁？"

"听说刚刚调来。"

"刚来就老大难？"

"哈哈……"旁的人干笑。

哈大妈的大嗓门又来了："小印，好像我还有事要告诉你。"

"您说吧。"印家厚渴得要命，同时又要上厕所了。

"我忘记了。"哈大妈迷迷怔怔望着印家厚。

"那就算了。"

"不行，好像还是件挺重要的事。"哈大妈用劲绞了半天手指，泄了气，摊开两手说："想不起来了。这怪不得我，人老了。臭小子们，这就怪不得我了，到时候大伙给我做个证。"

烦恼人生

哈大妈带着一丝狡黠的微笑走了。接着二班长进门拉住了印家厚。二班长告诉印家厚他们报考电视大学的事是厂里作梗。公司根本没下文件不准他们报考。完完全全是厂里不愿意让他们这批技术工人,尤其是日本专家培训出的技术工人,因为上了大学而流失。一旦拿到大学文凭,有几个人不想跳高枝?印家厚想:当然。厂部领导又不是傻子。

"我们去找找厂里吧,你和小白好,先问问他。"二班长使劲怂恿印家厚。

印家厚说:"我不去。"

"那我们给公司纪委写信告厂里一状。"

"我不会写。"

"我写,你签名。"

"不签。"

"难道你想当一辈子工人?"

"对!"

现在有许多婊子养的太爱写信了——这是二班长上午开会时候说的,现在他自己就要写告状信了,应不应该提醒他一句?算了。

二班长极不甘心地离开了。印家厚的脚还没迈出门槛,电话铃响了。有人说:"等等,你的电话。"

印家厚抓起话筒就说:"喂,快讲!"他实在是要上一趟厕所了!

却是厂长。从厂办公室打来的。印家厚倒抽一口凉气,刚才也太不恭敬了。这是改革声中新上任的知识分子厂长,知识分子是特别敏感的,应该给他一个好印象。印家厚立即借了一辆自行车,朝办公室飞驰而去。

印家厚在进厂长办公室时,正碰上小白从里面出来,小白神色严峻,给他一句耳语:"坚强些!"

他被这地下工作式的神秘弄得晕乎乎的,心里七上八下。

厂长要印家厚谈谈对日本人的看法。

对……日本人……看法?印家厚一时间脑子里一片空白。日本专家撤回去七年了,七年来他的脑袋里没留日本人印象了。"坚强些!"小白鬼鬼祟祟又是什么意思?厂长又严肃地提问了。印家厚只好竭力搜索七年前对小一郎的看法。小一郎是他的师傅。

"日本人……有苦干精神,能吃苦耐劳——一不怕苦,二

烦恼人生

不怕——"印家厚差点失口说出毛主席语录。用毛主席语录来评价日本人显然不合适。印家厚小心谨慎，字斟句酌，"他们能严格按科学规律工作，干活一丝不苟，有不到黄河不死心的——"他又意识到日本与黄河没关系，但他还是坚持说完了自己的话，"……的钻研精神。"

厂长说："这么说你对日本人印象不错？"

"不是全体日本人，也不是历史，也不是全面……是干活方面。"

"日本侵华战争该知道吧？"

"当然。日本鬼子——"印家厚打住了。

厂长到底要干什么？即便是厂长，印家厚也不愿意被他耍弄。他干吗要急匆匆离开车间跑到这儿踩薄冰？七年前厂里有个工人对日本专家搞恐吓活动受到了制裁；前些时候某个部级干部去了日本靖国神社给撤了职，这是国际问题、民族问题，他岂能涉嫌！

印家厚一把推开椅子，说："厂长，有事就请开门见山，没事我得回去干活了。"

厂长说："小印，别着急嘛。事情十分明确。你认为现在我们引进日本先进设备，和他们友好交往是接受第二次侵略吗？"

"当然不是。"

"既然不是，那你为什么迟迟不组织参加联欢的人员？下星期三日本青年友好访华团准时到我们厂。接待任务早就由工会布置下去已经两周了，你不仅不行动，反而还在年轻人中说什么'不做联欢模特儿''进行第二次抗日战争''旗袍比西服美一千倍'，这是为什么？"

印家厚终于从鼓里钻出来了。有人栽了他的赃，栽得这么成功，竟使精明的厂长深信不疑。

"胡扯！他妈的一派谎言！"印家厚今天的忍让到此为止！顾不上留什么好印象了，他要他的清白和正直。这些狗娘养的！——他骂开了。他根本就没得到工会的任何通知。两周前他姥姥去世了，他去办了两天丧事。回厂没上几天班，他妈因伤心过度，高血压发作了，他又用了两个休息日送她老人家去住院。看小白那鬼鬼祟祟的模样，说不定就是他捣的鬼。小白的爷爷死于日本鬼子轰炸武汉，他是个死硬抗日派，一直和几所大学的学生勾勾搭搭，早就在宣扬"抵制日货"的观点。要么是哈大妈，对了！她方才还假装忘记了什么事情说是因为她老了，肯定就是这件事情。哈大妈的丈夫是在抗日战争中牺牲的，她与日本人不共戴天，在厂子里从来对日本人都是横眉冷对。要么是他们大伙串通一气坑了他。而印家厚却并不是一味敌视日本人，他要看人，他认为日本人有坏人也有不坏的人。他至今还和小一郎师傅通信来往，逢年过节寄张明信片什么的。

厂长倒笑了。他相信了印家厚并宽宏大量地向他道了歉。

"既然是这么回事，那就赶快动手把工作抓起来！"厂长不容印家厚分辩，当即叫来了厂工会主席，面对面把印家厚交给了工会。

"不要搞什么各车间分头行动了。时间来不及了。你暂时把小印调到厂部工会来，让他全面下手抓。到时候出了差错就找你们俩。"

工会主席是转业军人，领命之后把印家厚拽到工会办公室，当即给他腾出一张办公桌，移过来一部电话，致使印家厚的待遇顿时像个干部。然后工会主席如此如此、这般这般地布置开了。

印家厚连连咕噜了几声："我不行我不行。"工会主席绝不理睬，布置中夹叙了一通意义深远之类的话，大有军令如山的气势。

这就是说，印家厚从今天起，在一个星期之内，要组织起一个四十位男女青年的联欢团体，男青年身高要一米七至一米八，女青年身高要一米六五；一律不胖不瘦，五官端正，漂亮一点的更好；要为他们每人定做一套毛料西装；教会他们日常应用的日语，能问候和简单对话；还要让他们熟悉一般的日本礼节；跳舞则必须人人都会。

印家厚头皮都麻了，说："主席，你听清楚，我干不了！"

"干得了。你是日本专家。"工会主席将一叠贴有相片的职工表格放在他面前，说，"小印，要理解和感谢组织的信任。时间已经来不及了，现在我们只有背水一战了。对任何人一律用行政命令。来，我们开始吧！"

临危受命，厂长和工会主席都如此信任，印家厚还能有什么别的选择呢？

下班的时候，印家厚遇上了小白。小白说："我听说了。真他妈替你抱屈。好像考他妈驻日本的外交官。奴颜婢膝。"

印家厚狠狠白了他一眼，嘿嘿一个冷笑。小白马上跳起来，"老兄，你怎么以为是我……我！观点不同是另一回事。我若是那种背后插刀的小人，还搞他妈什么文学创作！"

这是真委屈。到目前为止，在小白的认识上，作品和人品是完全一致的。印家厚虽不搞创作却已超越了这种认识上的局限。他谅解地给了小白一巴掌，说："好吧，不是你，对不起！"

几个身材苗条挺拔的姑娘挎着各式背包走过来，朝小白亲切地招呼，可是对印家厚却脸一变，冲着他叫道："汉奸！"

"我们绝不做联欢模特儿！"

"我们要抗日！"

印家厚绷紧脸，一声不哼。姑娘们过去之后，印家厚回头数了数，差不多十五六个，几乎全是合乎标准的。他这才真正意识到这事太难了。

这一下午真累。在岗位上站了一个多小时；和厂长动了肝火；让工会拉了差。召集各车间工会组长紧急会议；找集训办公室；去商店选购衣料；和服装厂联系；向财务要活动资金；楼上楼下找厂长——当你需要他签字的时候，他不知上哪儿去了。报考电大的要求根本没机会提出来；忍气吞声领了三等奖的五元钱。刚调来的老大难结婚"表示"了两元钱；拯救非洲饥民捐款一元钱；"救救熊猫"募捐小组募到他的面前，他略一思忖，便往贴着熊猫流泪图案的小纸箱里塞了两元钱。募捐的共青团员们欢声雀跃,赞扬印家厚是全厂第一!第一心疼国宝!就是厂长,也只捐了五毛钱。

五元钱奖金,像一股回旋的流水,经过印家厚的手又流走了。全派了大用场,抵消了三等奖的耻辱。雅丽的确知他的心,只看了他动作和表情,就说:"印师傅,你可做得真俏皮啊!"印家厚不能不遗憾地想,如此理解他的人如果是他老婆就好了。不能否认,哪怕是最细微的一点相通也是有意义的。然而,他不敢想象他老婆的看法,他不由朝雅丽看了一眼,然后随即便又后悔了,因为雅丽读懂了他的眼神,富有深意地盯了他一眼。

印家厚接儿子的时候,生怕儿子怪他来晚了,生怕又单独碰上肖晓芬。结果,儿子没有质问,肖晓芬也正混在一群阿姨里。什么事也没有。他为自己中午在肖晓芬面前的失态深感不安,便低着眼睛带走了儿子。

马路上车如流水,人如潮,雷雷蹿上去猛跑。印家厚在后边厉声叫着,提心吊胆,笨拙地追上儿子。他的儿子,和他长得如同一个模子里铸出来的,这就是他生命的延续。他不能让他乱跑,小心撞上车了;他又不能让他走太久的路,可别把小腿累坏了。印家厚丝毫没有下了班的感觉,他依然紧张着,只不过是换了专业罢了。

父子俩又汇入了下班的人流中。父亲背着包,儿子挎着冲锋枪。早晨满满一包出征,晚归时一副空囊。父亲灰尘满面,胡茬又深了许多。儿子的海军衫上滴了醒目的菜汁,绷带丝丝缕缕披挂,从头到脚肮脏之极。

公共汽车永远是拥挤的。当印家厚抱着儿子挤上车之后,肚子里一通咕咕乱叫,他感到了深深的饿。

车上有个小女孩和她妈妈坐着,她把雷雷指给她妈妈看:"妈,他是我们班新来的小朋友,叫印雷。"小女孩可着嗓子喊:"印雷!印雷!"

雷雷喜出望外,骄傲地对父亲说:"那是欣欣!"

两个孩子在挤满大人们的公共汽车里相遇,分外高兴,呱呱地叫唤着,充分表达他们的喜悦。印家厚和小女孩的妈妈点了点头,笑了。

小女孩的妈站了起来,让雷雷和自己的女儿坐在一个座位上,自己挤在印家厚旁边。

"我们欣欣可顽皮,简直和男孩子一样!"

"我儿子更不得了。"

"养个孩子可真不容易啊!"

"就是。太难了!"

有了孩子这个话题,大人们一见如故地攀谈起来了,可在前一刻他们还素不相识呢。谈孩子的可爱和为孩子的操劳,叹世世代代如流水;谈幼儿园的不健全、跑月票的辛酸苦辣,气时时事事都艰难。当小女孩的妈听印家厚说他家住在汉口,还必须过江,过了江还有几站路的公共汽车,她"咝"地抽了口凉气,说:"太远了!简直是到另一个国家去了,真是可怕啊!"

印家厚说:"好在跑习惯了。"

"我家就住在这趟车的终点站旁边。往后有什么不方便的时候,就把印雷接到我家吧。"

"那太谢谢了!"

"千万别客气!只要不让孩子受罪就行。"

"好的。"

印家厚发现自己变得婆婆妈妈了,变得容易感恩戴德,变得喜欢别人的同情了。本来是又累又饿,被挤得满腹牢骚的,有人一同情，聊一聊，心里就熨帖多了，不知不觉就到了终点。从前的他哪是这个样子？从前的他是个从里到外，血气方刚、衣着整齐、自我感觉良好的小伙子。从不轻易与女人搭话，不轻易同情别人或接受别人同情。印家厚清清楚楚地看出了自己的变化，他却弄不清这变化好还是不好。

爬江堤时，印家厚望见紫褐色的暮云仿佛就压在头顶上。心里闷闷的，不由长长叹了一口气。

轮渡逆水而上。

逆水比顺水慢一倍多，这是漫长而难熬的时间。

夕阳西下，光线一分钟比一分钟暗淡。长江的风一阵比一阵凉。不知是什么缘故，上班时熟识的人不约而同在一条船上相遇，下班的船上却绝大多数是陌生面孔。而且面容都是恹恹的，呆呆的，灰头土脸的，疲惫不堪的。上船照例也抢，椅子上闪电般地坐满了人，然后甲板上也成片成片地坐上了人。

印家厚照例不抢船，因为船比车更可怕，那铁栅栏门"哗啦"一开，人们排山倒海压上船来，万一有人被裹挟在里面摔倒了，那他就再也不可能站起来。

印家厚和儿子坐在船头一侧的甲板上，还不错，是避风的一侧。印家厚屁股底下垫着挎包。儿子坐在他叉开的两腿之间,小屁股下垫了牛皮纸、手绢和帆布工作服,垫得厚厚的。冲锋枪挂在头顶上方的一个小铁钩上,随着轮船的震动有节奏地晃荡。印家厚摸出了梁羽生的《风雷震九州》,他想总该可以看看小说了。他刚翻开书,儿子说:"爸,我呢?"

他给儿子一本《狐狸的故事》,说:"自己看,这本书都给你讲过几百遍了。"

印家厚看了不到一页的书,儿子忽然跟着船上叫卖的姑娘叫起来:"瓜子——瓜子,五香瓜子——"声音响亮,引起周围打瞌睡人的不满。

"你干什么呢?"

儿子答非所问,说:"我口渴。"

"口渴到家再说。"

"口渴吃冰淇淋也可以的。"

印家厚明白了。他只好给儿子买了一支巧克力三色冰淇淋。然后又低头看书。结果儿子只吃了奶油的一截,巧克力的那截被他抠下来涂在了一个小男孩的鼻子上,这小男孩正站在他跟前出神地盯着冰淇淋。于是小男孩哭着找妈妈去了。唉,孩子好烦人，一刻也不让他安宁。孩子并不总是可爱，并不呵！印家厚愣愣地，瞅着儿子。

一个嗓门粗哑的妇女扯着小男孩从人堆里挤过来，劈头冲印家厚吼道："小孩撒野，他老子不管，他老子死了！"

印家厚本来是要道歉的，顿时歉意全消。他一把搂过儿子，闭上眼睛前后摇晃。

"呸！胚子货！"

静了一刻，妇女又说："胚子货！"又静了一刻，妇女骂骂咧咧走了。雷雷从父亲怀里伸出头来，问："胚子货是骂人话吗，爸？"

"是的。往后不许对人说这种话。"

"胚子货是什么意思？"

"骂人的意思。"

"骂人的什么？"

"骂人不懂事，还处在胚胎期，不算一个人。"

"胚胎期是什么意思？"

这是个爱探本求源的孩子，应该尽量满足他。可印家厚想来想去都觉得解释词太麻烦也太危险，都快联系到男女之事了。印家厚说:"等你长大就懂了。"

"我长大了你讲给我听吗?"

"不,你自然就懂了。"印家厚想,我的孩子啊,你将面对生活中的一切,包括丑恶。

"哦——"

儿子这声长长的"哦"奶声奶气,令人感动,印家厚心里油然升起了数不清的温柔。

儿子忽然站起来,老成而礼貌地对挡在他前面的人说:"叔叔,请让一让。"

印家厚说:"雷雷,你又干什么去?"

"我拉尿。"儿子说。儿子吩咐他,"你好好坐着,别跟着过来。"

儿子站在船舷边往长江里拉尿。拉完尿,整好裤子才转身,颇有风度地回到父亲身边。他的儿子是多么富有教养!他母亲说他四岁的时候还是个小脏猴,一天到晚在巷子口的垃圾堆里打滚,整日一丝不挂。儿子这一辈远远胜过了父亲那一辈,长江总是后浪推前浪,前景还是一片诱人的色彩。

印家厚收起了小说。累些,再累些罢。为了孩子。

烦恼人生

天色愈益暗淡了。船上的叫卖声也低了,底舱的轰隆声显得格外强烈。儿子伏在他腿上睡着了。他四处找不着为儿子遮盖的东西,只好用两扇巴掌捂住儿子的肚皮。

长江上,一艘幽暗的渡轮载满了昏昏欲睡的乘客,慢慢悠悠逆水而行。看不完那黑乎乎连绵的岸土,看不完一张张疲倦的脸。印家厚竭力撑着眼皮,竭力撑着,眼睛里头渐渐红了。他开始挣扎,连连打哈欠,挤泪水;死鱼般瞪起眼珠。他想白天的事,想雅丽,想肖晓芬,想江南下的信,用各种方法来和睡意斗争。最后不知怎么一来,头一耷拉,双手落了下来,鼾声随即响了。父子俩一轻一重,此起彼伏地打着呼噜。

彩灯在远处凌空勾勒出长江大桥的雄姿,江边矗立的晴川饭店是武汉市近年新建的豪华饭店,引起市民的各种议论。此刻的晴川饭店上半部是半截黑影,下半部才有稀疏的灯光,看上去冷火冷烟的不喜人。船上早睡的人们此刻醒了,伸了伸懒腰,说:"晴川饭店的利用率太低了!"

船面上一片密集的人头中间突然冒出了一个乱蓬蓬的大脑袋,这是一个披头散发的女疯子,她每天在这个时候便出现在轮渡上。女疯子大喝一声,说:"都醒了!都醒了!世界末日就要到来了。"

印家厚醒了,他赶快用手护住儿子的肚皮,恼恨自己怎么搞的!一个短短的觉他居然做了许多梦,可一醒来那些具体情节却全飞了,只剩下满口的苦涩味。在猛醒的一瞬间,他好不辛酸。好在他很快就完全清醒了,他听见女疯子在嚷嚷,便知道船该靠码头了。

"雷雷,到了。嘿,到了。"

"爸爸。"

"嘿,到了!"

"疯子在唱歌。"

"来,站起来,背上枪。"

"疯子坐船买票吗?"

"不知道。"

"疯子不停地坐船干什么?"

"醒醒吧,雷雷,还迷糊什么!"

汽笛突然响了,父子俩都哆嗦了一下,接着都笑起来,天天坐船的人倒让船给吓了一跳。

人们纷纷起立,哦啊啊打哈欠,骂街骂娘。有人在背后扯了扯印家厚,他回头一看,是讨钱的老头。老头扑通一下跪在他们父子跟前,不停地作揖。印家厚迟疑了一下,掏出一枚硬币给儿子。雷雷惊喜而又自豪地把硬币扔进了老头的破碗,他大概觉得把钱给人家比玩游戏有趣得多。印家厚却不知该对老头持什么样的看法才对。昨天的晚报上还登了一则新闻,说北方某地,一个年轻姑娘靠行乞成了万元户。他一直担心有朝一日儿子问他这个问题。

"爸,这个爷爷找别人要钱对吗?"

问题已经来了。说对吧,孩子会效法的;不对吧,爸爸你为什么把钱给他?就连四岁的孩子他都无法应付,几乎没有一刻他不在为难之中。他思索了一会儿,一本正经地告诉儿子:"这是个复杂的社会问题,你太小怎么理解得了呢?"

幸好儿子没追问下去,却说:"爸,我饿极了!"

今年江水涨得太早了,浮桥又加长了,乘客差不多是从江心一直步行到岸上。傍晚下班的人真怕踏这浮桥,一步一拖,摇摇晃晃,双腿发颤,总像走不到尽头,况且江上的风在春天也是冷的。为什么不把码头疏浚一下?为什么不想办法让渡轮更快一些,或者更能够遮风挡雨一点??为什么长江这边的人非得赶到长江那边去上班？为什么没有一个全托幼儿园？为什么厂里的麻烦事都摊到了他的头上？为什么他不能果断处理好与雅丽的关系？为什么婚姻和爱情是两码事？印家厚真希望自己也是一个孩子，能有一个负责的父亲回答他的所有问题。

到家了！

家里炉火正红，油在锅里刺啦啦响，乱七八糟的小房间里葱香肉香扑面，暖暖的蒸汽从高压锅中悦耳地喷出。妈妈！儿子高喊一声，扑进母亲怀里。印家厚摔掉挎包，踢掉鞋子，倒在床上。老婆递过一杯温开水，往他脸上扔了一条湿毛巾。他深深吸吮着毛巾上太阳的气息和香皂的气息，久久不动。这难道不是最幸福的时刻？他的家！他的老婆！尽管是憔悴、爱和他扯横皮的老婆！此刻，花前月下的爱情、精神上微妙的沟通等等，远远离开了这个饥饿困顿的人。

儿子在老婆手里打了个转，换上了一身红底白条运动衫，伤口重新扎了绷带，又恢复成一个明眸皓齿、双颊喷红的小男孩。印家厚感到家里的空气都是甜的。

饭桌上是红烧豆腐和籴元汤；还有一盘绿油油的白菜和一碟

橙红透明的五香萝卜条。儿子单独吃一碗鸡蛋蒸瘦肉。这一切就足够足够了啊！

老婆说："吃啊，吃菜哪！"

老婆在婚后一直这么说，印家厚则百听不厌。这句贤惠的话补偿了生活其他方面的许多不足。

老婆说："菜真贵，白菜三角一斤了。"

"三角了？"他应道。

"全精肉两块八哩，不兴还价的，为了雷雷，我咬牙买了半斤。"

"好家伙！"

"我们这一顿除去煤和作料钱，净花三块三角多。"

"真不便宜。"

"喝人的血汗呢！"

"就是。"

议论菜市价格是每天晚饭时候的一个必然内容，也是他们夫妻一天不见之后交流的开端。

看印家厚和儿子吃得差不多了，老婆就将剩汤剩菜扣进了自己的碗里，移开凳子，拿过一本封面花哨的妇女杂志，摊在膝盖上边吃边看。

美好的时光已经过去,轮到印家厚收拾锅碗了。起先他认为吃饭看书是一个恶习,对一个为妻为母的人尤其不合适。老婆抗争说:"我做姑娘时就养成了这习惯,请你不要剥夺我这一点点可怜的嗜好!"这样,印家厚不得不承担起洗碗的义务。好在公共卫生间洗碗的全是男人的,他也就顺应自然了。

男人们利用洗碗这短暂的时间交流体育动向、时事新闻、种种重要消息,这几分钟成了这栋房子的男人们的友谊桥梁。可惜今天印家厚在洗碗时候听到的消息太不幸了。一个男人说:伙计们,这栋老房子要拆了。另有人立刻问:那我们住哪儿?答:管你住哪儿!是这个单位的人他们就安排,不是的就一律滚蛋呗。问:真的吗?答:我们单位职工大会宣布的,还有假?单位马上就会来人通知。好几个人说:这太不公平了!说这话的都是借房子住的人。印家厚也不由自主说了句:"是不公平得很呢。"

印家厚顿时沉重起来,脸上没有了笑意,心里像吊着一块石头坠坠地发慌。他想,这如何是好啊?

印家厚洗碗回来又抄起了拖把,拖了地再去洗涤儿子换下的脏衣服。他不停地干活,进进出出,以免和老婆说话泄漏了拆房的秘密。老婆半夜还要去上夜班,得早点睡他一觉。暂且让自己独自难受吧。

印家厚对老婆说:"喂,你该睡觉了。"

"嗯。"

老婆还埋头于膝上的杂志。儿子自己打开了电视,入迷地看儿童动画片《花仙子》。

"喂喂,你该睡觉了。"

老婆徐徐站起。"好,看完了。有篇文章讲夫妻之间的感情方面的问题,讲得很有道理,你也看看吧。"

"好。你睡吧。"

老婆过去亲了儿子一下,说:"主要是说夫妻间要以诚相见,不要互相隐瞒,哪怕一点小事。一件小事常常会造成大的裂痕。"

"是啊是啊。你还是赶快睡觉吧。"印家厚说。

老婆总算准备上床睡觉了,她脱去外衣,又亲了亲儿子,说:"雷雷,今天就没有什么新鲜事告诉妈妈吗?"

印家厚立刻意识到应该冲掉这母子间的危险谈话,但他迟了。

儿子说:"噢,妈妈,爸爸今天没在路边餐馆吃凉面。"

老婆马上怒形于色,转向印家厚,呵责道:"你这人怎么回事!告诉你现在乙肝多得不得了,不能用外边的碗筷!"

"好好,以后注意吧。"

"别这样糊弄人!别以后、以后的……我问你:你今天找了人没有?"

印家厚懵了:"找……谁?"

"瞧!找谁——?"老婆气急败坏,一屁股蹾在床沿上,跷起腿,道:"你们厂分房小组组长啊!我好不容易打听到了这人的一些嗜好,不是说了花钱送点什么的吗?不是让你先去和他联络感情的吗?"

真的,这件事是家中的头等大事。只要有可能分到房子,彩电宁可不买。他怎么把这事忘得一干二净了呢?

"妈的!我明天一定去!"他愧疚地捶了捶脑袋。尤其从今天起,房子的事是燃眉之急的了,再不愿干的事也得干。

印家厚的态度这么好,老婆也就说不出话来了,坐在那儿,白着眼睛,干瞪着丈夫。

"酒呢?"

"黑市茅台四块八一两。"

"那算了,我再托托人买别的酒算了。你们奖金还没发?"

"没有。"印家厚撒了谎。如果夫妻间果然是任何问题都以诚相见,那么裂痕会更迅速地扩大。印家厚说:"看动静厂里对轮流坐庄要变,可能要抓一抓的。"先铺垫一笔,让打击来得缓和些。西餐是肯定吃不成的了,老婆,你有所准备吧,不要对你的同事们炫耀,说你丈夫要带你和儿子去吃邦可西餐。

老婆抹下眼皮,说:"唉,真是祸不单行,福不双降啊!倒霉事一来就是一串。有件事本来我打算明天告诉你,今天让你睡个安稳觉的。可是……唉,姑妈给我来了长途电话。"

"河北的?"

"说她老三要来武汉玩玩,已经动身了,明天下午到。"

"是腿上长了瘤的那个?"

"大概是那瘤不太好吧。姑妈总尽情满足他……"

"住我们家?"

"当然。我们在汉口闹市区,交通也方便。"

印家厚觉得无言以对。难怪他一进门就感到房间里有些异样,他还没来得及仔细分辨呢。现在他明白了:床头的墙壁上垂挂起了长长的玻璃纱花布，明天晚上它将如帷幕一般徐徐展开，挡在双人床与折叠床之间：儿子将睡上他们夫妻的大床，折叠床将让给一个二十岁的瘸腿小伙子。印家厚讪讪地说："好哇。"他弹了弹花布，想笑一笑冲淡一下沉闷的空气，结果鼻子发痒，打了个喷嚏。老婆一抬腿上了床，他扭小了电视的音量，去公共卫生间洗衣服。

洗衣服。晾衣服。关掉电视。把在椅子上睡着了的儿子弄到折叠床上，替他脱衣服而又不把他搬醒，鉴于今天凌晨的教训给折叠床边靠上一排椅子。轻轻地，悄悄地，慢慢地，不要惊醒了老婆孩子。印家厚憋得吭哧吭哧，冒出一头细汗。

待印家厚上床时，时针已经指向二十三点三十六分。

印家厚往床架上一靠，深吸了一口香烟，全身的筋骨都咯吧咯吧松开了。一股说不出的酸酸麻麻的滋味从骨头缝里弥漫出来，他坠入了昏昏沉沉的空冥之中。床头只亮着一盏朦胧的台灯，他在灯晕里吞吐着烟雾，杂乱地回想着所有难办的事，想得坐卧不宁，头昏眼花，而他的躯体又这么沉，他拖不动它，翻不动它，它累散了骨架。真苦，他开始怜悯自己。真苦！

老婆摊平身子，发出细碎的鼾声。印家厚拿眼睛斜瞟着老婆的脸。这脸竟然有了变化,变得洁白、光滑、娇美,变成了雅丽的,又变成了晓芬的。他的胸膛忽地一热,他想,一个男人就不能有点儿享受吗?这么一点破,心中顿时涌出一团欲火,血液像野马一样奔腾起来。他暗暗想着雅丽和晓芬,粗鲁地拍了拍老婆的脸。

老婆勉强睁开眼皮觑了他一下,讷讷地说:"困死了。"

印家厚火气旺盛地低声吼道:"明天你他妈的表弟就睡在这房里了!"他"嚓"地又点了一支烟,把火柴盒啪地扔到地上。

老婆抹走了他唇上的香烟,异常顺从地说:"好吧好吧,我不睡了,反正也睡不了多久了。"她连连打呵欠,扭动四肢,神情漠然地去解自己衣扣。

印家厚突然按住了老婆的手,凝视着她皮肤粗糙的脸说:"算了。睡吧。"

"不,只有半小时了,我怕睡过头。"

"不要紧,到时候我叫醒你。"

"家厚!家厚你真好……"

印家厚含讥带讽地笑了笑,身体平静得像退了潮的沙滩。

老婆忽然眼睛湿润,接着抽泣起来,说:"我实在不忍心告诉你,这房子马上就要拆了……说是危房……通知书已经送来了……"

原来老婆已经知道了。印家厚说:"哦。我也早知道了。"他说,"明天我拼命也得想办法!"

"你也别太着急,退路也不是完全没有。我打听了,现在社会上已经开始有私房出租,十五平方每月五十块钱,水电费另交。……西餐是吃不成的了。可笑的是……我们还像小孩子一样,嘴馋……"

印家厚关了台灯,趁黑暗的瞬间抹去了涌出的泪水。他捏了捏老婆的手,说:"睡吧。车到山前必有路,船到桥头自会直。"

老婆,我一定要让你吃一次西餐,就在这个星期天,无论如何!——他没有把这话说出口,他还是怕万一做不到,他不可能主宰生活中的一切。但他将竭尽全力去做!

雅丽怎么能够懂得他和老婆是分不开的呢?普通人的老婆就得粗粗糙糙、泼泼辣辣,没有半点身份架子,耐受苦难的能力超级强,尽管做丈夫的不无遗憾,可那又怎么样呢?

印家厚拧灭了烟头,溜进被子里。在睡着的前一刻,印家厚脑子里闪现出早晨自己在渡轮上说出的一字诗："梦",接着他看见另一个自己悬浮在空中,对躺着的自己说:"你现在所经历的这一切都是梦,你在做一个很长的梦,醒来之后其实一切都不是这样的。"

印家厚非常相信自己的话,于是入睡了。

写于1986年,此时就读于武汉大学中文系汉语言文学专业,发表于1987年第八期《上海文学》。

不谈爱情

除了手中的那把手术刀，庄建非最为着迷的便是体育运动。尽管他与人玩什么球都输，但他精通看。他是欣赏球类运动的行家。内行得可以纠正国际一流裁判的误判，指出场上教练的失策。

庄建非还在母亲肚子里就经常观看体育赛事——那当然是他母亲应酬他父亲的贤惠举动，而他却似乎由此获得了胎教。三十年来，庄建非已经确认自己与体育赛事之间有一种特殊的感应。赛场上总是龙腾虎跃，生机勃勃，健康壮美，毫无伪饰造作，充满激烈竞争，去掉了生活的平庸，集中了搏击的智慧，实在是人生意义的浓缩与昭示。不迷体育赛事，算什么男人！

所以，在今天之前，庄建非做梦也没有想到自己会看不成尤伯杯女子羽毛球决赛和汤姆斯杯男子羽毛球决赛。只要是有中国队参加的国际性决赛，庄建非总是非看不可。在庄建非参加工作以来的六年时间里，全外科，乃至全医院都已充分领教了他的迷劲。外科主任会很自然地在有重大赛事的晚上不安排他的夜班，这一次依然如此。

主治医生曾大夫，号称外科的"第二把刀"，年过五十，面皮白净，衣着考究。近年来他心脏不太好，戒掉了看体育赛事的瘾，只好寄托于听讲解和了解最后结局。他认为电视讲解员宋世雄的嗓音太尖利，感情太冲动，并且经常用词不当。庄建非则成了曾大夫最理想的讲解员。而庄建非凑巧也十分乐意在赛事以后还有机会与他人共同回味一番。这一老一少成了配合默契的老搭档。今天下班的时候，曾大夫特意候在楼梯口，对庄建非说："庄大夫，明天见。"

庄建非会意地答："明天见。"

如果今天晚上没有尤伯杯赛，他们是不会特意打这个招呼的，天天见面的同事，一般他们都只是打个哈哈。

和往常一样，妻子吉玲已经做好了饭菜。和往常不同的是，庄建非没有摩拳擦掌地围绕菜肴转圈，夸奖说："嗬，好菜！好菜！"

庄建非不停地看时钟。

晚饭没有吃完,比赛开始了。庄建非立刻放下饭碗,坐到了客厅的电视机前。

决赛在中国队和韩国队之间进行。众所周知,近几年这个小小的韩国在体育界像一只出山饿虎,恨不能吞掉全世界。这可是一场血战呢!

中国羽毛球队的第一女子单打是李玲蔚。李玲蔚看上去似乎有气无力。讲解员解释说这位世界"羽坛皇后"刚刚发了几日高烧。庄建非一拍椅背,忽地冒了一身的汗。第一盘李玲蔚果然输了。"太糟了!"庄建非冲着电视屏幕大声叫喊。他猜测羽毛球队的队医大概是开后门混进去一心想出国捞外币的家伙,连个感冒发烧都控制不住,应该吊点钾呀,否则李玲蔚怎么会有力气?

庆幸的是,李玲蔚到底不失"皇后"的体面,接下来的第二盘、第三盘都赢了,为中国队获得了宝贵的一分。

庄建非甩了一把汗,用掌声热烈欢迎第二女子单打韩爱萍。凡是出自湖北武汉的选手,庄建非就倍感亲切,好像与他们有血缘关系。了不起的韩爱萍凶猛老辣,上阵几拍子,就将韩国小姑娘打了下去,两盘连胜,第三盘就用不着打了。

第三女子单打是新秀辜家明。一个小丫头，又是湖北武汉人的。不由得令庄建非无比振奋。

辜家明还没有上场，妻子吉玲突然跑上来挡住了电视屏幕。

"我敢打赌，辜家明准赢！"

吉玲没有移动身子。

"你怎么了？"

庄建非这才发现妻子的表情异常严肃。此时此刻，他希望全世界人民的生活以及他的个人生活都不要发生任何故障。他用化险为夷的微笑说："来来，坐在这儿，陪我看球。我妈妈就老是陪我爸爸看球的。"

吉玲说："我不是你妈。"

"你怎么了？"

"本来嘛，我就不是你妈。"

庄建非笑不下去了。

"好了。第三单打开始了。"

吉玲冷冷地扭过头，依然屹立着。

庄建非说："请让开。"

吉玲将头倏地转了一个方向，身体岿然不动。

庄建非更加严肃地说:"吉玲,我请你让开!"

讲解员在吉玲身后激动万分地叫了一声:"好极了!"庄建非急得两眼翻白。吉玲冷笑了,她晃动了一下身子,"嗒"的一声,电视给关掉了。

庄建非跳了起来。

"你这是干什么!"

"我这是关电视。"

"谁让你关的!"

"用不着经过谁的批准。"

"真是蛮不讲理!"

"谁蛮不讲理?啊!谁蛮不讲理?我想你只要稍稍回忆一下,就会发现你从进家门起除了看钟没看别的。我没有说过话,我没有出过厨房,我一直在等你!等你问我。"

"等我问你?问你什么?"

庄建非飞快地搜索了一遍刚才的印象,似乎没什么问题需要问妻子。一切正常。他说:"我不记得有什么问题。如果有,请你提醒我。现在你赶快打开电视机吧。"

吉玲闭上眼睛,难过地摇了摇头,再睁开眼睛时已是满眶泪水。她怨恨交加，喊道："不！我不打开！"

庄建非一把捏住吉玲的胳膊，把她往旁边拖。吉玲挣扎着，用脚踢庄建非。庄建非使用武力打开了电视机。正好赶上辜家明一个漂亮的扣杀，一拍扣死。讲解员又叫："好极了！"

吉玲又反扑上去，狠命地揿下了开关钮，电视机又关掉了。庄建非跨步上前，整个抱住妻子，强迫她离开电视机。吉玲用修得尖尖的涂了指甲油的手指向丈夫抓去。片刻的工夫，吉玲就胜利了。她披头散发，狮子般占领了电视机。她哭着，喊着，说："好！动武了！庄建非，你打老子，你这个婊子养的！"

庄建非不禁后退了好几步，目不转睛望着妻子就像望着一个奇迹。这完全不是他恋爱两年结婚半年的吉玲。吉玲嘴里从来没有一句脏话，一直是个学生型的纯情少女呢。在这尴尬的瞬间里他甚至想笑，这戏法变得连他都蒙住了。谁能蒙住他？谁又蒙住过他？

吉玲捶着胸脯，继续哭声哭气地怒吼："你打吧，有种的朝这儿打，往死里打，不敢上的是他妈乌龟王八蛋！"

庄建非手中攥着了一只玻璃杯。

这是一套进口高级咖啡杯具中的一只，玉绿色，式样里透出一种异国情调。往事历历在目：那是婚前的一天，他俩冒着大雨跑遍了武汉三镇，为的是买一套合意的茶具。最后是失望加疲惫。他们拖着脚步钻进一家商店准备歇口气，没料到这是一家新开张的对外贸易商店。就是这套晶莹的玉绿色咖啡杯具在货架上像星星一般光彩闪烁，深深吸引了他们的目光。他们不约而同"哟"了一声，不约而同把手伸向对方说："买了！"

买了。一只杯子八元九角九分人民币。他们谁也没有踌躇，没有嫌贵。光是那心有灵犀一点通的瞬间也是千金难买的呀。

这套玻璃咖啡杯具在家里一直备受珍爱。

庄建非就是举起了这套咖啡杯具中的一只玻璃杯，狠狠朝地上砸去。在痛快淋漓的破碎声中，吉玲的声音比玻璃还尖利。

"啊！你这狗杂种！"

中国银行是一幢巨石砌成的巍峨洋房。在这个六月的夜晚，庄建非爬上最高的一级台阶，一屁股坐在石阶上，一口气嚼完了五支雪糕。他在对自己的婚姻做了一番新的估价之后，终于冷静地找出了自己为什么要结婚的根本原因，这就是：性欲。

庄建非出身在知识分子家庭。父亲是研究训诂学的专家，母亲是中文系当代文学教授。他们事业心很强,庄建非很小的时候他们便都在各自的领域里有所建树。庄建非在书山书海里长大。他天赋不错,很有灵性,热爱读书,从小学到大学一直是班级里的尖子。他的缺陷在不为常人所见的阴暗处:老想躲开他人的眼睛干一点出格的事情。

庄建非在幼儿时期就感觉到了一种特殊的愉快来自于生殖器摩擦。没有任何人教唆,他无师自通。小学快毕业时,他从一本《赤脚医生手册》上知道这种摩擦有个恶心的名称:手淫。因此他曾有一个阶段停止了地下活动。但是青春期以排山倒海之势淹没了他。深夜,庄建非把自己关在自己的小房间里,纵情地想象他在白天装出不屑一顾的漂亮女孩,放肆地自我满足。白天的庄建非是教授的儿子,优秀学生,到处受关注和赞扬。有不少女同学青睐庄建非,他对她们却一概淡薄,拒绝她们到他家里来玩,以此取得父母和老师的信任。

要是他母亲知道了这一切准会痛不欲生。

庄建非干得滴水不漏,多少年都滴水不漏。谁要以为痴迷手淫的男人千篇一律都是姨娘样或者都眯着一双色眯眯的眼睛,那就上大当了。正人君子与流氓歹徒的不同之处仅仅在于,前者通过了手淫的途径之后选择结婚,后者却发展成强奸或乱搞。庄建非是正人君子,他的愿望是结婚。

从理论上说,结婚并不只是意味着有了睡觉的对象。庄建非当然明白这一点。结婚是成家。成家是男女彼此找一个终身伴侣。成家是创造一个稳定而健康的社会细胞。基于这种理智的思考,庄建非一直克制着对女性的渴念,忍饥挨饿挑选到二十九岁半才和吉玲结婚。

现在看来,二十九岁半办事也不牢靠。问题在于他处在忍饥挨饿状态。这种状态总会使人饥不择食的。

干吗要让他偷偷摸摸忍饥挨饿?庄建非恨得牙痒痒,可又不知到底心里恨谁。

坐在中国银行最高一级台阶吃雪糕的庄建非出神地望着大街,心情复杂地想起了梅莹。

梅莹是本市另一所医院的外科医生。她是那种体态丰盈、风韵十足的妇人,身上有一股可望而不可即的意味。在一次听学术讲座的常规性小型会议上,庄建非和梅莹坐到了一块。整个下午,庄建非都若隐若现地嗅到邻座那单薄的夏装里边散发出的奶香味,按说她身上更应该有消毒药水味的。梅莹记笔记的时候戴

烦恼人生

一副金边眼镜，不记的时候就摘下眼镜放在活动桌上。会议中途，梅莹一不小心，碰掉了她的金边眼镜。庄建非没让眼镜掉在地上，他十分敏捷地做了一个海底捞月的动作，接住了梅莹的眼镜。

梅莹这才看了庄建非一眼，说："谢谢。"不知为什么又添上一句："老花镜。"

一听是老花镜庄建非忍不住笑了，说："是你奶奶的纪念品吧。"

梅莹也笑了。

过了一会儿，梅莹小声说："我叫梅莹。"

"我叫庄建非。"

他们一起笑起来，都觉得正正经经通报姓名很好笑。会议宣布结束，人们顿作鸟兽散，只有他们俩迟迟疑疑地。谈话很投机，正是方兴未艾的时候，于是，他们一块儿去餐馆吃了晚饭。

尽管这件事情已经过去了三年多，但那顿晚餐的菜肴庄建非依然能够准确地回忆起来。梅莹走在他前面，径直上了"芙蓉"川菜馆的二楼雅座。她雍容大方，往那儿一坐，对服务员就像女主人对仆人一样，和蔼可亲却又不容置疑地吩咐："来点普通菜。辣子鸡、火爆猪肝、麻辣牛肉丝和一盆素汤。"

庄建非暗叹自愧弗如。他一直自恃有良好的家庭教养,这一天他才发现自己吃的教养完全是空白。进餐馆之前梅莹征求他的意见:吃川菜好吗?

他说:好啊。

哦,你喜欢川菜?我这人什么菜都喜欢。那等一会儿你来点菜?

庄建非惊慌了:你点你点,你爱吃的我都爱!

好吧——梅莹笑靥巧盼地对他说了一声"好吧",她明白庄建非不懂吃了。她不会让庄建非尴尬。后来在餐馆落座之后,果然梅莹落落大方地点菜了。无形中庄建非已经着了迷,他被梅莹的善解人意和大方风度迷住了。

吃罢川菜,他们满心满腹热情似火,便沿着一处不知名的公园小径漫步走去,梅莹为他的事业指出了一条道路:

"你不应该搞腹腔外科。'腹外'在武汉市有个裘法祖,留过德,又有个德国妻子做后盾。不管你的刀子耍得如何漂亮,你的名气总是很难超过他。如果在名气上被他压个十年二十年,你这辈子多半就输了。你得赶快想办法转行搞'胸外'。'胸外'

当然也有名家高手，但你年轻，眼疾手快精力充沛腕力过人，你超过他们的可能性就很大。我感觉你的气质适合干飞速发展的新技术，'胸外'目前正是热门，你会在这个领域遥遥领先的。"

面对强手如林的全国胸外专科，初生牛犊庄建非不免有些将信将疑。

"我能行吗？"

"能！"

梅莹轻轻捶了捶庄建非坚实的臂膀，"我的眼光不会错，你是一个难得的胸外科人才。"

事后，庄建非认真地反复地考虑了梅莹的建议，决定予以采纳。没料到改专科不久之后，庄建非就遇上了一例较为复杂的心血管手术，更没料到的是，他的手术竟如神话一般成功。立刻全院为之轰动，多少人对庄建非刮目相看。

庄建非秘密地来到了梅莹家。这一天，梅莹穿着丝绸睡裙，高高扎起头发，春风满面，桌子上已经摆好庆贺的美味佳肴。庄建非关上房门就狂热地拥抱了梅莹。梅莹紧贴着他，抚摸着他脸颊上的青色胡茬，问他想喝葡萄酒还是白酒？

庄建非说："喝你！"

但是，当梅莹的肉体横陈在庄建非面前时，他显出了初欢的笨拙和羞涩。

梅莹含蓄地笑了，她一语双关，说："我非常乐意帮助你。真的！"

庄建非向来都是一个高材生。短短的一夜，他不仅学成出师，最后还有青出于蓝胜于蓝的趋势。天亮时分，梅莹终于向她的徒弟举手投降了。在被深色窗帘遮掩了的光亮里，梅莹流了泪，她叹道："为什么我年轻的时候没有你啊！"

次日晚上，庄建非又来了。这次几乎没有任何语言，只有行动。行动范围也突破了床的界限。地板、椅子到处都是战场。整夜的鏖战旗鼓相当，二人都欢欣鼓舞。分手的时候，庄建非说："我要和你结婚！"

梅莹垂下了头。

"我儿子在美国读硕士学位，丈夫在那儿讲学，还有半年他们就要回来了。"

"我不管！我要和你结婚！"

"我四十五岁了，可以做你的妈妈。"

"我不在乎年龄！"

"可我在乎。我每天都……都盼着他们回来。"

庄建非犹如背刺麦芒。

"是真话?"

"真话。"

"那么,你……干吗?我的力量不够,是吗?"庄建非粗鲁地低声吼叫,"不足以分开你们,对吗?"

"你错了。生活不仅仅是一次偶然的热烈性爱,我盼我儿子和丈夫回来,我还日夜盼望着抱上孙子,这些都是你不可能给我的。"

梅莹望着庄建非说:"这件事情是我的错。你以后再也不要来了。"她走过来,带来了奶香。"你总有一天会懂的,孩子。"

孩子。她就是这么叫的。神态和语气完全是饱经沧桑的老奶奶模样。

吉玲与庄建非年纪相当,郎才女貌。可是,吉玲。

吉玲生长在汉口花楼街,拿她自己同顾客发生冲突时候的话说:"对,咱是地道的汉口小市民。"

武汉人谁都知道汉口有一条花楼街。从前它曾粉香脂浓,莺歌燕舞，是汉口商业繁华的标志。如今朱栏已旧，红颜已老，瓦房之间深深的小巷里到处生长着青苔。无论春夏秋冬、晴天雨天，花楼街始终弥漫着一种破落气氛，流露出一种不知羞耻的风骚劲儿。

但是居住在花楼街的吉玲母亲对她的五个女儿一再宣称："我可从来没当过婊子。"

吉玲的母亲是个老来变胖的邋遢女人，喜欢坐在大门敞开的堂屋里独自玩扑克牌，松弛无力的唇边叼一支香烟，任凭烟灰一节节滑落在油腻的前襟上。但是一旦有了特殊情况，她可以非常敏捷地变换成一副精明利索洁净的模样。她深谙世事，所以具备了几种面目。五个女儿中，她最宠小女儿吉玲，她感到吉玲继承她的血脉最多。

"你胡说八道！"吉玲恼火地否定。母亲只管嘿嘿地笑。

吉玲父亲这系人祖祖辈辈都居住在花楼街。用什么眼光看待花楼街那是别人的事，父亲则以此为荣。他常常神气十足地乱踢挡住了道路的菜农的竹筐，说："这些乡巴佬！"父亲认为，就是许多中央首长都经不起追溯，一查根基全是乡巴佬。而他是城市人。祖辈都是大城市人。父亲从十三岁起就到馨香茶叶店当徒工。熏得一身茶香,面色青白,十指纤细柔弱,又出落了一张巧嘴巴。其巧有二:一是品茶,二是善谈。属于那种不管对象是谁都能聊个天昏地暗的人物。

五个女儿全都讨厌父亲,公开地不指名地叫他为"鼻涕虫"。女儿们先后找的几个男朋友都被父亲黏住大谈花楼街掌故和喝茶的讲究而告失败。

母亲经常率领四个女儿与父亲打嘴巴仗,吉玲从不参与。关键时刻,吉玲只用一种恨铁不成钢的目光瞥一眼父亲。而父亲倒有几分畏怯这个小女儿。

吉玲是他们家的一个人物。

吉玲上学的时候学习成绩很不错,但命运多舛,高考参加了两届都未能中榜。母亲开始威逼父亲退休让吉玲顶替,吉玲说:"不。我自己想办法找工作。"父亲因此对女儿感激涕零。

吉玲的穿着打扮与花楼街的女孩子风气相反。她以素雅为主。不烫发,不画眼影,最多只稍稍描眉和涂一点点滋润唇膏。吉玲最常见的打扮是浅色衬衣深色长裙,俨然一个恬静美丽的女大学生。

吉玲在社会上交朋结友以后不久,便找到工作,在一家酒类批发公司当开票员,几个月以后又换到一个群众团体机关办公室当打字员。打字工作太辛苦了,年终写总结和报告经常要加夜班,还不发加班费。半年以后,一个朋友的叔叔设法把吉玲安排到了位于市中心的最大一家新华书店。

新华书店文明、干净,到处是知识,又是国家事业单位,这种位置来之不易,吉玲满意了。她全靠自己,声色不动地调换了几次工作,既没有付出什么实质性的代价,又没有闹出什么风言风语,她深感自豪。她的父母也深感骄傲。花楼街的邻居街坊自然也为之骄傲。

"你看吉家的么女儿,我们花楼街的嘛。"他们说。

这一切都大大提高了吉玲的身价。

满意的工作有了,人生的下一步就是寻找满意的对象了。

吉玲的四个姐姐在个人问题上都是自己蹦跶过一阵子的,其中两个姐姐还未婚先孕,但是终归哭呀闹呀地没有成功嫁人。最后还是由介绍人牵线搭桥,事先一一摆出双方条件条款,这才完成人生的婚姻大事。四个姐夫,第一个是皮鞋店售货员,第二个是酱油厂工人,第三个是铁路上扳道岔的,第四个是老亏本也不知到底在做什么生意的个体户,腰里总是别着一把弹簧刀,惶惶如丧家之犬。对于姐姐姐夫这一群人,吉玲眼角都不斜他们。眼看母亲和姐姐们又在为自己的事情蠢蠢欲动,吉玲说:"我的事情不用你们管,我自己会解决。"

"她们四个都放过这种屁。"母亲说。

"我不是她们。"

"那就走着瞧吧。"母亲把扑克洗得哗哗脆响。"我的儿,不是做娘的没教导你,你可是花楼街的女孩子。蛤蟆再俏,跳不到五尺高。是我害了你们,我受骗了,揭了红盖头,才发现嫁到了花楼街。"

父亲眉头一扬,抿了一小口茶。

"好好好。那我倒要与你理论一番了。你说是上当受骗,那媒人还给我们家说——"

吉玲呵斥道:"又来了!不斗嘴没人把你们当哑巴的。"

四姐正好在家里,说:"哟,这婊子养的家里又出了个管事的小妈了?"

母亲纠正说:"四丫头,我告诉你,你妈我没当过婊子!"

就是这种家庭!就是这种小市民德性!

吉玲说什么也要冲出去。她的家将是一个具有现代文明,像外国影片中的那种漂亮整洁的家。她要坚定不移地努力奋斗。

在淘汰了六个男孩之后,吉玲基本选中了郭进。

郭进的父亲是市委机关的一个正处级干部,母亲是医生,老家是浙江,南方男人皮肤白,会烧菜,没有大男子主义。郭进本人是市歌舞团电声乐队的,国家正式职工。缺点就是个子矮了一些,才一米六三,和吉玲一般高。由于吉玲绝大多数时候都是穿高跟鞋,他便在绝大多数时候比吉玲矮小。吉玲一想到如果与郭进确定关系就必须一辈子穿平底鞋,不由心里硌硌的,这当然是一种终生的遗憾。

机遇就是这么有趣,总是在不知不觉但又是关键的时刻降临。就在吉玲让郭进等三天以后给予正式答复的最后一天里,吉玲被庄建非撞了一下。

在武汉大学的樱花树下,吉玲的小包给撞掉了,一本弗洛伊德的书——《少女杜拉的故事》跌在地上,同时跌在书上的还有手帕包的樱花花瓣,几枚零钱和一管"香海"香水。"香海"摔破了,香气萦绕着吉玲和庄建非久久不散。

吉玲就像许多天生敏感的姑娘一样,有一种尽管还不知道那就是机遇但却能够把握住它的本能。庄建非替吉玲捡起书籍和手帕的时候,吉玲单凭庄建非的双手就肯定了自己这辈子所能找到的最佳人选即是此人。吉玲一向注意观察别人的手。通过对她家里人、同学朋友、顾客和集市贸易买卖人的手的观察,她得出结论:家庭富有,养尊处优的人,手白而胖,爱翘小指头;出身知识分子家庭且本人又是知识分子的人,手指修长,修剪整洁,手型很美;其他各色人等的手粗傻短壮,无奇不有。庄建非的手修剪整洁,手指修长,是典型的知识分子家庭出身的知识分子的手。

后来,事实证明吉玲的猜测是对的。

那个叫郭进的男孩子难过地流下了一滴眼泪,他满以为吉玲的答复会是肯定的,吉玲却是非常坚决的否定,而事先一点否定的迹象都没有。

看见吉玲在读弗洛伊德,庄建非想起了自己想买的一套弗洛伊德的书,好像脱销很久了。吉玲承诺替庄建非去买,因为她的工作很方便。不久,吉玲替庄建非买到了书。他们约定见面,一个送书,一个付钱。然后,他们散步,聊天,谈谈与书有关的一些话题。吉玲尽管读书不多,但是她记住的书名和内容简介很多，导致了庄建非暗暗佩服这个小女子谈吐不俗。因此在书的购买结束了之后，他们的交往持续了下来。

庄建非出于礼貌和自重，与吉玲交往了很长时间都没有涉及私人状况，包括家庭住址。吉玲为此暗自高兴。以前几乎每个男孩都是见面就问："你们家住在哪里？你爸爸做什么？你妈妈做什么？"真是浅薄幼稚的男孩啊！那时候，吉玲不想说真话就随便说一条街道的名字。等到后来不得不做解释时，她便狡黠地说："我不想让你去我家找我玩嘛，我们刚刚认识才几天？影响不好嘛。"

这套花招用不着向庄建非耍。庄建非把主动权交给了吉玲。吉玲则死死沉住气，等到感觉庄建非已经接受和看重她这个人了，她才把话题引向对于家庭背景的讨论。这是在他们的友情日渐深厚的一年以后才抖开的包袱。

那是又一年的春天了。他们又去武汉大学看过樱花了。然后两人来到东湖，静静地坐在东湖公园深处的草坪上，远望湖水。

吉玲突然说："建非，我觉得我们以后不可能再来往了。"

风和日丽、绿水青山的景致和心中安静的愉快与吉玲的忧伤极不协调。

"开什么玩笑?"庄建非说。

"怎么是开玩笑。"吉玲自卑地抱住膝头,可怜得像"卖火柴的小女孩"。她说:"我是花楼街的女孩,就是你们知识分子所说的汉口小市民。我家住在汉口花楼街。母亲是家庭妇女,父亲是小职员,四个姐姐和姐夫全都是很一般的人。"

三天两头替人开膛破肚的外科医生表面上自然纹丝不动,内心里却实在是大吃一惊。他何尝没有猜测过吉玲的家庭出身呢。从吉玲的穿着打扮言谈举止来看,他想她出身的阶层至少不会是普通小市民。庄建非甚至想入非非:说不定吉玲出自非同寻常的家庭,她才一直闭口不提呢。她是在有意留悬念,以便日后有个意外之喜。因为一般说来,只有真正的名门千金或者特别高级别的干部子女才会深深隐瞒自己的家世。

庄建非乐不起来了,他不知道说什么才好。沉默了好一会儿,庄建非才说:

"你又不知道我的家庭背景,那你凭什么认为我与你不同,因此不能继续来往了呢?"

话一出口,庄建非就觉得伤害了吉玲的自尊心。姑娘这时候需要的是男人的热情、许诺和山盟海誓。如果换上了他们医院的王珞或别的什么姑娘,八成都会马上站起来,横他一眼,头也不回地走掉。

吉玲没有走掉,还是以她那种楚楚可怜的姿势坐在草坪上,很没脾气地老实回答庄建非:"我是不知道你的家庭背景,可我凭你的手呀。你的手足够证明你出身书香门第。"吉玲举起她小小的手,坦率地摊开,举给庄建非看。

"你看,我的手一看就不如你。我一直为我的家庭自卑。他们贫困、粗俗,缺乏知识和教养。花楼街又是那样声名狼藉。唉,我一直不敢告诉你,怕你看不起,可是我又不愿意让人看不起,只好不来往算了。"

因为吉玲没有来一通小姐脾气,因为吉玲根本就没有小姐脾气,庄建非感到了格外的轻松。他不由自主地被吉玲的单纯质朴感动了。他认真看了看自己的手,又看了看吉玲的手,倒也乐得忍俊不禁。

"你真像个小巫婆。"

"那我来替你看看手相吧。"

姑娘的小手在庄建非的手掌中娇憨地划拉着,姑娘的脸庞就在他眼前闪动,这脸庞光洁饱满,在阳光下泛着一层金色小绒毛。就在这一瞬间,庄建非决定不计较什么家庭层次了!他年纪不小了,他需要有一个女人了,那就是吉玲了。

庄建非拿吉玲和王珞做了比较对比,王珞是一个出身高知家庭的女孩子,曾受过钢琴和舞蹈训练,至今还能背诵莎士比亚的《罗密欧与朱丽叶》片段。庄建非和她闹的一段恋爱可真有意思。他们同在一个医院,早不见晚见,她却会一天给他写几封信,并且要求得到回信。信中幽叹,在早上的电梯里,他们相遇了,他却没有感觉到她的暗示,而她是用眼神表达的呀。有时候,王珞会突然给庄建非来个电话,只说两个字:"等你。"庄建非就得赶紧到医院各处去找她,事后便要听她埋怨,说他让她在某个花坛那儿空等了四十五分钟。王珞不屑于谈家庭琐事、柴米油盐,喜欢讨论音乐、诗歌、时事政治及社会关注的大问题。但她又并不能勇敢地面对现实,她脸上有不少雀斑,她就非常忌讳这两个字。十冬腊月的一天,庄建非陪她去商店买防冻的香脂,庄建非建议买一盒"百雀灵"牌的,王珞顿时就哭丧着脸,扭头就跑,庄建非像傻瓜一样在大街上追了好长一段路,满街的人都开心地看他,最后他才明白他错在不应该说"百雀灵"三个字。真是要命!

相比之下，吉玲的确是这样地朴实可爱。况且，就女人的身材而言，吉玲要丰满得多，这很重要。

庄建非紧紧握住了吉玲的手。

吉玲心里有底了。

仲春的一天上午，庄建非突然袭击，出现在吉玲家的大门口。

这是一个星期天，是吉玲母亲一周里唯一被迫不打牌的日子。这一天她和女儿女婿外孙们团聚，她梳洗了头发，换了干净衣裳。这天又是一个大晴天，吉玲姐妹们史无前例地心血来潮，决定把家里大扫除一番。因为他们家里刚刚买了一台半自动双缸洗衣机，大家都有新鲜感，都很自豪。他们把它抬出来，放在巷子里，接上了门边的水龙头。吉玲的父亲有着对新商品的特别兴趣，居然丢开了茶杯，在洗衣机旁对照说明书研究其各种功能。

——这一天的确是吉玲家千载难逢的一个好日子，庄建非恰巧在这个时候骑着摩托车转弯抹角在小巷中寻到了这里。

开头一刹那吉玲简直是目瞪口呆，紧接着脸皮发涨，手忙脚乱。

烦恼人生

吉玲的慌乱完全是多余的。她不知道她母亲是多么富有处世经验。还有她的姐姐们,一个个都是八面玲珑。她们一看吉玲和庄建非的神态就明白了一切,用不着盘问就感觉出庄建非是社会哪个阶层的。她们的脏话立刻消失了,凶神恶煞的动作也收敛了。她们细声细气让座、倒茶,奔出去买好菜好酒,让孩子们一声赶一声叫"叔叔"。

吉玲的母亲慈容含笑,管女婿一律叫"儿"。对庄建非既不多话也不冷落,只是热情似火,只管使他处处自由自在,不受一点拘束。

吉玲父亲的表现大大出乎所有人的意料。他一反从前霸占住客人大谈花楼街掌故的癖好,一直都在埋头假装研究洗衣机。最后才说了一句:"小庄,你看看,这边缸里洗完了衣服,还是须人工拎到那边缸来甩干,怎么能叫自动呢?"

庄建非对他的印象是,这小老头还挺幽默的。

午餐的菜肴,做出了花楼街的特色:料足味浓油重颜色鲜艳。大盘小碟上个不完。餐桌上,吉玲全家人居然自觉使用了公筷,并且使用的自然熟练程度似乎能证明这一家人的卫生习惯历史悠久。所有的人都不停地用公筷为庄建非夹菜,把庄建非埋在了一大堆鸡肉鱼蛋之中。

事后,母亲盘问了吉玲。吉玲有几分得意地一一告诉母亲庄建非是何许人也。当然没漏掉他的家庭状况:他家住在东湖边珞珈山上的小楼房里,有地板和暖气设备,父母都是高级知识分子,有一个妹妹,大学本科毕业在一个科研部门工作。

"这么说他是独生儿子。太好了!"母亲吸一口烟,徐徐喷着烟雾,说:"好主儿!没说的好主儿,一定要抓住他!"

庄建非已经被抓住了。不打招呼偷袭花楼街的吉玲家,庄建非原本做了充分的思想准备,是准备看到和应付这个家庭最糟糕的情况的。谁知一切与他的想象相反。看来吉玲对她自己的家庭是过于悲观了。

吉玲也许不懂,她们家是典型的中国民间大家庭,其写照就是一副对联:向阳门第春常在;善良人家花常开。这是多么浓烈的人间烟火,多么可爱的家庭啊!尤其是那股热烈奔放的人情味,深深弥补了庄建非深藏在心底的遗憾:他自己的母亲太冷静太严峻了。他从小吃穿不缺,缺乏的是母亲的笑声,是吉玲母亲那种生怕他没有吃好没有吃够的眼神。母爱应该是一种溺爱一种宠爱一种不讲理智的爱,但是他的母亲从来不可能不讲理智。由此庄建非又得出一个认识：女人最好不要太多书本知识，不要太清醒太讲条理，朦胧柔和像一团云就可以了。庄建非恍惚大悟：难怪当今社会女强人女研究生之类的女人没有人要，而漂亮温柔贤惠的女孩子却供不应求。

庄建非沉迷在自己的理论中乐然陶然。吉玲从他的表现中得到了明确的答案：他要她是铁定的了。

吉玲赢了。在人生的重大环节上，吉玲又赢了一步。她只等着庄建非邀请她与他的父母见面了。

吉玲耐心地等待着，一点也不流露出急于求成的情绪。只是逐步地开始，吉玲在庄建非面前的穿着打扮随意了起来，有时候甚至暴露得厉害，有时候暴露很厉害还与庄建非很亲密，庄建非一次比一次无法忍受了。

他们已经突破了拥抱接吻抚摸重重界限，但是吉玲毅然决然阻止了庄建非的得寸进尺。她不跟他讲什么大道理，只是柔中有刚地说："不行。不是时候。不行！"吉玲从来不标榜自己，庄建非却知道了吉玲是一个传统的保守女孩。他又是喜欢又是备受煎熬，这是所有男人内心的甜蜜矛盾。

在忍受了多次煎熬突破无望之后，庄建非加快了他们婚姻的步伐。有一天他欢天喜地地告诉吉玲说:"这个星期天我父母请你到我家做客。"

这一天终于来到了!

吉玲的全家为此进行了几轮磋商。要不要带礼物去?带什么礼物合适?怎么称呼庄建非的父母?穿什么衣服?应该说哪一些话题?是否在饭后抢着洗碗?吃多少恰如其分?

吉玲全家人没有谁到教授的小楼房里做过客。出于自尊,吉玲也没有向庄建非讨教。一切设计全是盲目的。

不管吉玲这里准备好了没有,星期天却按时到了。

吉玲穿了一套褐红色全毛花呢的衣裙,式样是街上没有的,做工也很考究。这是吉玲的母亲求邻居白裁缝夫妇赶做的,白裁缝夫妇已经老得弯腰驼背像一对虾米,他们是过去"首家"服装店的门面师傅,专为租界的洋太太洋小姐们定制服装。白老夫妇许多年不接活了,为吉玲的终身大事,他们破了例。吉玲的发型是另一家邻居主动上门帮助打理的。他是"香港"理发厅最年轻最走红的名师,曾托人到吉玲家提过亲,被吉玲一口回绝了。理发师捐弃前嫌的美德受到邻居们广泛的称赞。竟然有一个出身教授家庭的外科医生爱上了花楼街的小姑娘吉玲,花楼街轰动了。

烦恼人生

全花楼街都为吉玲忙碌着。

带什么礼物的问题始终没解决。虽然说庄建非第一次来吉玲家是赤手空拳，但人家是瞒着父母来的，情有可原。吉玲这次是受人家长辈的邀请去的，不带礼物会让人骂这女孩子没家教。可是礼太重了又会让人觉得这女孩子贱，在巴结这门亲事。什么礼物能够让教授看得上并且又不轻不重呢？

庄建非接人的摩托车一步步近了，吉玲穿好衣服还在家里急得团团转，吉玲母亲眉头拧成麻花，一口一口叭叭地吸烟。

"我看就带一听好茶吧。"

吉玲的父亲在暗幽幽的角落冒出了一句话，同时递过来一听雕花楠竹装的女儿茶。大家突然醒悟，都说：茶好！茶好！又高雅又值钱！

吉玲的父亲在小女儿的婚事中表现出的聪明才智无疑是他这辈子的顶峰。一个人老了反而能够知错改错的确是难能可贵。

母亲笑道："这死老头子。太阳从西边出了。这狗日的！"

吉玲穿了一身新衣裳，抱着一听茶中珍品，脸蛋红彤彤的，坐在摩托车后座上，手揽着庄建非的腰，油黑的芬芳的头发像一面胜利的风帆。

一路上，两个青年人神采飞扬。

但是，他们很快便受到了挫折。

庄建非一家人对吉玲始终不冷不热。在四个小时的做客过程中，吉玲有一半时间独自待在客厅的沙发上翻阅杂志，另一半时间待在无人说话的餐桌旁。庄建非的妹妹庄建亚本来就不善于说笑。她没有什么笑意地与吉玲搭讪了几句，说了说当前流行的几种社科类书籍。吉玲也是浅谈辄止，因为她仅限于知道书名。庄建非的母亲只说一些最简单的词语："吃啊，别客气。""坐吧。""喝点什么呢？"父亲只是支吾了一阵没表达什么具体意思，倒是不时从镜片后盯吉玲一眼。不存在洗碗的问题，厨房里的琐事全让一个哑巴似的中年阿姨包了。连佣人都不在意吉玲的存在。那听精致的"女儿茶"被搁在一边，没有人为此感谢吉玲的父母。饭后，大家都回到客厅，吉玲以为他们至少要聊一聊了，问问她的年龄、学历、工作情况和家庭情况等等。谁知道他们没有这个愿望。午休时间到了，他们要安安静静午睡了，于是他们做出了送客的姿态。

一出小楼房，吉玲就泪如涌泉。庄建非抚摸着吉玲的肩，深感抱歉。

他说:"你千万别介意,他们就是这个样子。他们对谁都是这个样子。"

吉玲已经说不出话来,唯有啜泣和哽咽。

庄建非把吉玲送下山。吉玲回头望了望那幢绿杉掩映的小楼房,心头升起切齿的恨意。她的屈辱一点点都没有对庄建非吐露,但是在她内心深处,已经埋下了仇恨的种子。

庄建非被吉玲的可怜模样弄得心疼万分。即便是一个与他无关的姑娘也够他愤慨的了,何况是他的女朋友,何况人家父母对他那般盛情。庄建非回头怒气冲天地将摩托车头盔摔在客厅的地上,把母亲从午睡中吵醒了。

"你是怎么啦?"他母亲皱着眉问。

就冲这句假模假样的话,庄建非又抬起脚把头盔踢到客厅另一头,撞翻了一个小摆设。这一下把全家人都从房间踢出来了。

母亲只得发表意见,说:"她不适合你。她知识结构太低。显而易见,带着一股拘谨而俗气的小家子气。"

庄建亚请哥哥别生气,她说:"哥哥你知道我们家从来都不会待客,中央首长来了也热乎不起来,知识分子的傲气嘛。"

"可吉玲是我们家的一员。不是中央首长!也不是客人!"

母亲质问儿子:"这是什么时候成立的事实?"

"当前。现在。马上。"

"哥哥,妈妈是有道理的。你知道没道理的事她从来不做。吉玲的确是一看就有小市民气息,衣着和举止都有俗气和土气,书卷气是太少了。"

庄建非对妹妹不客气地说:"你就知道说什么书卷气。书卷气到底是什么你知道吗?'人情练达即文章'你懂不懂!不懂少开口!"

庄建非转向父亲。

父亲表态说:"这纯属个人事情,我不参与。"

"可她将是你的儿媳妇。"

父亲愣了愣:"实在要我说,我就客观评价一下,我认为从气质上看,她比王珞差多了。"

庄建非在自己的亲人面前转了一圈,冷笑道:"真是奇怪,就没有人为我着想。没有人问一问她对我好不好?没有人更关心我喜欢她到什么程度?说穿了一句话,你们都为自己,都接受不了一个门户低的女孩子。"

"一派胡言!只是见了见面,就谈什么接受不接受吗?"母亲铁青了脸,把手中的书"啪"地合上。

庄建非又大脚踢他的头盔,这次碰破了庄建亚的脚背,他妹妹也生气了。

这个家里滚动着从来没有过的破坏声浪,接着就是三比一的一场激烈争执。

吉玲抽泣得语结气短。

"建非,抱歉,真的抱歉,我不知道应该怎么做,真的,我很抱歉。"

庄建非说:"抱歉的不应该是你。"

"我们就算了吧。"

"算了?为什么?"

"为你,为我,也为我们两家的父母。将来我不幸福也还说得过去,我本来就贫贱。可是我不愿意看到你不幸福,你是应该得到一切的。"

"吉玲!你真善良。"

吉玲啊吉玲,你既然是花楼街的女孩,至少会痛恨阻碍你的人，会诅咒，会怒骂，可是什么都不会，只会检讨自己，你完全像一个高贵的小姐，具备如此难能可贵的美德，谁都不应该小看你啊！

吉玲仿佛洞悉庄建非的所有心理活动。

"我怎么能够恨你父母？他们毕竟生了你养了你。"

庄建非禁不住泪水盈眶。

"我得走了。就这样，就算是永别吧。"

吉玲摘下珍珠项链放在庄建非手心里。庄建非连人带首饰全都紧搂在胸口，宣誓一般地说："我们马上结婚！谁也挡不住我们！"

结婚更加艰苦卓绝。

在庄建非还没有决定对象的时候，他的父母已经决定儿子将来结婚的新房就是家里最大的那个房间。但是庄建非鬼迷心窍和吉玲结婚，不言而喻，他就失去了这个特权。

好在医院领导珍惜人才，支持自由恋爱，奖励晚婚青年，及时分配了庄建非一间单身宿舍。这对未婚夫妻一边布置火柴盒一般窄小的房间，一边相对无语，说不出的惆怅。忽闻外科有一大夫要移民加拿大，庄建非连夜赶到院长家诉说苦衷，他好运气得到了那位大夫的一室一厅单元房。

结婚还需要钱。若按武汉市流行的一般标准,花几千上万元是少不了的。可是庄建非和吉玲两人的私人存款加起来还不足两千。吉玲的父母在几个大女儿的虎视眈眈下宣称他们做父母的一定会公平对待女儿们,坚决一碗水端平,同样只是给吉玲办一套床上用品的嫁妆。暗地里,吉玲母亲却又将八百元现金缝进了软缎被子的夹层中。还递话给庄建非,说若是男方的父母阔娶豪办,他们也绝对不会让人看笑话的。但是庄建非的父母一直保持着沉默。

华茹芬是院办公室主任,是个爱才的领导干部,一直都非常欣赏年轻的胸外科医生庄建非。见此状况,自然同情。她是庄建非母亲过去的一个得意学生,师生也没断往来。华茹芬便出面调解,庄建非的父母才派女儿建亚送来了一份一千元的存款单作为儿子的结婚贺礼。庄建非极想当着妹妹的面把存款单撕个粉碎,可惜人穷志短,硬是做不出壮怀激烈的姿态来,弄得他不知恨谁才好,脖子和脸一块儿憋成了紫茄色。

半年里几经大喜大悲的折磨,庄建非和吉玲都程度不同地瘦了一圈。当他俩终于名正言顺地躺到一张床上的时候,都情不自禁去抚摸对方脸上突起的颧骨,然后猛扑在一块,热泪交流。

风风雨雨过去了,小家庭生活是平静的。这平静的生活过了半年忽地又被撞破。这次是夫妻间的相撞,撞出了许多新的意思。庄建非在中国银行的台阶上沉思默想了几小时后发觉自己的婚姻并非与众不同。揭去层层轻纱,不就是性的饥渴加上人工创作,一个婚姻就这么诞生了。他相信他是这样,他周围的许许多多人都是这样。

聊以自慰的是他并不是一个稀里糊涂、对自己不负责的人,是时代规定了他。他逃不出今天时代的局限。再说他的婚姻也不算太糟糕。吉玲从各方面来衡量都是个蛮不错的妻子,对小家庭着迷,对丈夫体贴入微,为丈夫的才气自豪,为丈夫事业的成功兴高采烈。还要女人怎么样呢?吉玲是动了粗口骂了脏话,那又怎么样?值得非常震惊吗?想想吉玲总归是花楼街长大的女孩,整天耳濡目染,情急的时候就脱口而出,庄建非诧异那就是他的幼稚了!

几小时以前,庄建非离开家的时候是个幼稚冲动的毛头小伙子,现在回来已经成熟为大男人了。他宽容地、毫无芥蒂地推开卧室的门。

"喂,小乖乖还在生气吗?"庄建非说。

无人回答。衣柜大开,抽屉大开,床上一片凌乱,吉玲的衣裳和化妆用品全没了。

每次赌气吉玲都威胁说要回娘家,庄建非没有示弱,吉玲也没敢真走。这次庄建非表现得挺好,自己回心转意,吉玲倒真的走了。

第二天中午吃饭,曾大夫在食堂找到庄建非。

"怎么样?"曾大夫兴致勃勃地问。

"吃了饭再说吧。"

庄建非牙痛一样咧咧嘴。周围的人太多了。可是以往他们一谈起赛事来才不管周围有多少人呢。

很快,饭就吃好了,曾大夫跟在庄建非后面来到医生值班室。庄建非自顾自斜躺在床边,迟迟不开口。他不想把家庭闹剧传播到单位来,可又不愿撒谎。这个谎实在也是不好撒,庄建非因头痛没看球赛,谁信?

"爆冷门了吗?"曾大夫看见庄建非神情不对便兀自激动

起来,"一定是爆冷门了!韩国队赢了?啊,肯定是!李玲蔚输了?怎么可能!她可是世界羽坛的皇后啊!"曾大夫飞快地捋了捋花白的鬓角,一手按住心脏,一手哆嗦着倒水吃药。他说幸亏他昨晚没看球,否则,非死在电视机前不可,他又说今天早晨出去打拳他故意没有带上半导体收音机,故意没有去听新闻,否则,他一定会昏倒在公园人工湖旁。人是有预感的,他说预感救了他的命。可是可是!中国女子羽毛球怎么会输呢?

曾大夫不容旁人插嘴,一句赶一句议论了一通,末了才想到了庄建非。

"我们得承认这是一件遗恨千古的事情。但是庄大夫,世上发生什么事情都不值得我们去伤害自己的身体。你今天午饭吃得太少了。"

庄建非不能再沉默,他说:"昨晚我没能看完比赛。"

曾大夫呆了一瞬,颜面潮红了:"不可能!"

"真的,我没看成。"庄建非面对曾大夫那双满含质问和悲哀的眼睛,没有办法不说真话。

"我妻子和我吵架了,她关了电视。"

"就为这个?"曾大夫长吁一口气,"咳,你太没有经验了!好好的尤伯杯让你断送了。今晚的汤姆斯杯有希望吗?"

庄建非坦白地说:"希望不大。"

"为什么?"

她跑掉了!但他说:"她回娘家了。"

"跑了?"

不管你多么想挽救你的脸面,人家却一语道破。庄建非强作笑脸,说:"是啊,我得去看看她呀。"

"小庄呀,小庄,你把事情弄糟了。小两口吵架是常有的事,但你绝对要掌握一点——把吵架时间限制在床上。你要想看今晚的汤姆斯杯,你昨晚就应该追到她娘家去呀!"

曾大夫经验丰富地为沮丧的庄建非安排着善后。

"这样吧,小庄,今天下午你就去。用掉你积攒的一个休假日,去把问题解决掉,晚上就可以看汤姆斯杯赛了。一个有经验的男人怎么能让区区夫妻之争耽误国际性大赛呢?再说明天你有个大手术,别让手术和家庭矛盾、情绪激动什么的距离太近。"

"我突然要用休假日,怎么找借口?"

"还用找借口?难道造成这么大的损失你不气得牙痛?"

庄建非是觉得哪里在闷闷地作痛,但好像不是牙。

曾大夫说:"那就是急性牙痛发作的先兆,赶快去请假。"

"曾大夫,请您为我——"

"保密!我知道。快去吧,需要你提醒我的日子还没到呢。"

"谢谢。"

早一些时候讨教就好了。看来许多人都有过类似的经历。比如曾大夫,他显然已经是很有经验的人了。如今他夫人与他和谐得好像一个人,矛盾统统都化解在漫长的时光里了。庄建非依此类推,他估计自己很快就能解决问题。

吉玲家的大门洞开。那把快要倒塌的破藤椅上,歪坐着吉玲的母亲。这肥胖的女人头发散乱,合拢眼睛打瞌睡,烟灰一节节掉下来,从她油腻肮脏的前襟几经曲折跌到地上。

庄建非第一次发现自己的岳母是这样地丑陋不堪,他简直有些难为情。站了站,他不想惊动岳母,便蹑手蹑脚径直上阁楼。吉玲婚前住在阁楼上,婚后那里依然保留了她的单人小床。

"她不在我家。"

庄建非吃惊地转过身来。岳母睁开了充满红丝的眼睛。

"她去哪儿了?单位说她请了病假。"

"你是在跟谁说话呢？唤狗都要叫声'嗨'。"

庄建非心里做了好一会儿自我斗争，咬牙说："妈妈，我找吉玲。"

"吉玲？我不是把她嫁给你了吗？"

岳母"呸"地吐掉烟蒂，双手按着腿，歪歪斜斜站起来，取了一支香烟，点了火。一个邻居小女孩闻声过来，看着庄建非。岳母起身的时候，扑克牌从椅子上滑落下来。小女孩哧溜跑过来，半跪着利索地捡起扑克，放到椅子上，然后又回到门边，骑着门槛很有兴趣地看庄建非。

"喂，我不是把女儿嫁给你了吗？"

识时务者为俊杰，庄建非想。

"对不起。我们拌了几句嘴，她就走了。现在我是特意来接她回去的。"

"对不起？'对不起'是个什么花脚乌龟？别在老娘面前酸文假醋的。我女儿在婆家受尽欺凌，又被她王八蛋丈夫打出来了！"

"我没打她，我们只是拉扯了一下。"

"你当然不会承认打了她，打人是犯法的，可拉扯不就是打吗？"

小女孩叽叽地笑，岳母毫不在意。庄建非可不情愿当着他人争论他们夫妻间的事情。

"我希望见到吉玲。希望她回去。"

岳母假笑，全身的肉抖动着。

"你真不愧出身书香门第，话说得又新鲜又斯文，让我还真不好意思回绝。只怪我们这种人家，从来不管别人希望什么。"

说完她又假笑。

庄建非全身毛爹爹的，火辣辣的。

前不久，这个女人还一口一个"我儿"地唤着庄建非，问寒问暖，生怕他饿了，生怕他渴了，生怕他受她女儿的气，今天怎么说变脸就变脸了。原来慈母也不是永远的——庄建非在难堪中认识了这个普遍真理，很不好受地沉默着。

"要吉玲回去，可以，但有条件。"

"什么条件？"

"我问你，吉玲在你家做得怎样？"

你管这么多干吗？混账！这么回答挺痛快，但后果不堪设想。庄建非答："她做得很好。"

岳母"噼啪"拍得大腿山响。

"这不就是的了!她很好!热茶饭送到你手里,热铺盖等着你,没给过你冷脸,没臭过小姑,没咒过公婆,更没偷人养汉生私孩子!你去访访,这花楼街半天边,哪里有比我女儿更贤德的媳妇?你父母狗眼看人低,一千块钱就打发了她,到今日还不理睬我这亲家。你更不得了了,动手就摔杯子打人,半点心思都不放在她身上。咱布告出去街坊们听听,这事情谁有理谁无理?我告诉你,你若要这段公案了结,去让你父母到我家来,咱们方方面面的人坐齐,把这道理摆平坦。自古以来抬头嫁姑娘,低头接媳妇。我前生作了什么孽?把一个好姑娘委屈成这模样!"

要让他父母来?!到这儿来?!庄建非的母亲要是今天在这儿目睹了自己的亲家母,血压不刷刷往上升才怪。这条件太滑稽了。他一点也不知道如何处理。

庄建非朝阁楼上叫起来:"吉玲!你下来一会儿不行吗?"

他又叫了一遍。无人应答。他真正生气了,吼道:"吉玲你这是干什么呀!"

阁楼上还是无声无息。

小女孩串来了一群大小不等的孩子,看庄建非的笑话看得津津有味。

岳母突然不说话了，又去打她的瞌睡。她的目的达到了，在逐客了，她不仅不愚蠢，简直是太精明了。虽说她一副困倦的睡态，威慑力却在，只要庄建非企图冲上阁楼，准会发生惊天动地的冲突。

在大学校园长大的庄建非此时此刻才发现，花楼街这种地方果然名不虚传，在这里，什么事情都可以发生，都不足为怪。领教了这一点，庄建非只得怏怏收兵了。

第一次独自睡一张双人床，庄建非以为肯定会有空寂感，所以临睡前他破例喝了两小杯葡萄酒，找了一本乏味的专业理论书籍催眠。孰料宽大的双人床躺一个人真是太舒服了！他既没有醉，也没有看书，什么都不需要，往床上一躺，手脚大大地摊开，全身放松，简直舒服得令他觉得有点对不住吉玲。

情形从次日清晨开始变复杂了。

清晨一睁开眼睛，问题就来了：早点吃什么？庄建非小时候，有母亲或者保姆操心，做单身汉的时候有食堂和朋友，婚后则由吉玲安排，每天早晨，吉玲自然会端出又可口又干净的早点。

医生最害怕小餐馆，病从口入，小餐馆就是使医生们整天忙个不停的万恶之源。庄建非因为暂时没有了妻子，被迫走进了他憎恶的小餐馆。老长的队伍排过去，掏遍了全身的口袋却没有粮票。庄建非忽地红了脸，问："没有粮票也可以吧？"

售票员轻蔑地说："我们是国营，去买个体户的吧。下一个。"

庄建非马上被排挤出来，食欲顿时就给排挤掉了。

整个上午的交接班，大查房很紧张。曾大夫对庄建非纯粹是一副上级医生对下级医生的神态。没有谁询问他的夫妻关系问题。庄建非以为没事了，他渐渐沉浸到工作中，心里好受了一些。结果在上手术台的前一刻，他正挓起双臂在消毒液中涮手，曾大夫过来悄悄问他："你能上吗？"

对于一个自信的雄心勃勃的年轻外科医生来说，这种问话最叫人恼火不过了。

"还不至于此吧。"庄建非说。

曾大夫举着消毒已毕的双臂，眼睛从大口罩上缘盯着他，像个不信任人类的外星球机器人。

庄建非不喜欢与他这样对峙，"我昨晚睡得非常好，从来没这么好。"他说。

手术进行了五个小时。医生们原先估计三个小时足足有余的，庄建非用了五个小时。这本来没什么，曾大夫也一直在台上做副手，他明白是得花这么长时间。庄建非心里却不安起来，他向来以刀快手快动作麻利取胜，这一次大家怎么看他？可不能因小小家事砸了他的牌子啊！

心里一有杂念，手就颤抖了。最后的缝合远不如平常的那么整齐漂亮。这一点别人也许看不出来，曾大夫可是一双锐眼。

这次手术下来，他湿了两件内衣和裤衩，感到格外疲倦。曾大夫当着众人的面宣布庄建非还有三个休假日攒着没用，他不由分说地要求："庄大夫该休息了。"庄建非觉得他被刺痛了。

食堂忘记了给手术室留菜，只有结了一层硬壳的冷饭和一点咸菜。庄建非转身离开了食堂。

骑了十分钟摩托回到家里，已是暮色四垂。庄建非饥肠辘辘，到处搜索能吃的食物。饼干盒里只有一把点心的粉末。他们平常的点心政策是每次少买，吃完了马上接上，以保持点心的新鲜。当然，购买点心是吉玲的事，她喜欢逛各种商店，喜欢购买小食品，也富有经验。

面条有,但煮不了一碗。米有一大桶,蔬菜却没有。庄建非意外地发现米桶里有个四方形的小棉布袋,打开嗅嗅,是花椒。花椒可以有效防止大米生虫,这是庄建非少年时代从《十万个为什么》里边看来的知识。他学了知识束之高阁,吉玲却用于实践了。她在运用她所有的知识管理这个家,这样的女人有什么不好?

晚饭在个体户小摊子上吃了两碗馄饨,全是面皮子,没有他所期望的那团肉馅。洗澡以后更累了,但不得不坚持洗了自己的内衣。房间开灯了才看见房间一片迷蒙,所有的家具上都盖了一层细灰,原来家庭清洁是每日都必须做的。翻箱倒柜地寻找粮票没有找着,明天早餐吃什么?如果吉玲在家里就没有这些琐碎问题了。吉玲!果然没有女人的家不像个家。

晚上,华茹芬来家里了。她说她正急着要找庄建非,但在这既关键又敏感的当口,她不敢在医院里与他联系。庄建非不明白他们医院是否也发生了特别的情况,是否也处在特殊状态之中。

华茹芬在他家里也用很低切的声音说话。

"去美国的名额批下来了!"

原来是去美国!他们医院在很早之前曾经吹过风,说是外科有几个名额去美国观摩心脏移植手术。当时激动了人们好一阵子，后来无声无息地，就慢慢被遗忘了。现在刚刚遗忘，忽又来了好消息。这一下外科要争得头破血流了。

"就是就是。"华茹芬说，"现在的知识分子都市侩得很，他们并不只是想去学习什么先进技术，他们认为美国是阿里巴巴的山洞。"

针灸科有一个医生，在他们医院长期被人看不起，去美国以后，一年就汇寄给家里五万元人民币，这的确是有一点像阿里巴巴的山洞。

"你怎么也这么看？"

"不是我这么看，这是事实。"

华茹芬剪着老式的短发，双膝并拢坐在沙发的一角，怀里抱个黑色的破旧的公文包。她的发式和严谨的姿态都酷似庄建非的母亲。

"难道你也想去捞冰箱彩电？"

"我当然不想，我当然最想学习心脏移植技术。"

"那就好！我相信你。我希望出国的医生都能好好学习，为国争光。外科你是最有希望的，但有人反映你和妻子在闹矛盾，分居了。"

"这与去美国有关系吗？"

"当然有了。没有结婚的和婚后关系不好的一律不予考虑。"

"为什么？"

"怕这样的人出去了不回来啊，同时这样的人签证也很困难啊，美国最容易拒签有移民倾向的人。"

"笑话。"

"不是笑话，有先例的。你们分居了吗？"

"没有啊，只是她暂时回一下娘家。"

华茹芬这才抬起眼睛搜索了房间，说："跑了？跑回娘家了？这当然也可以说是分居。首先院领导研究的时候你就过不了了。这事你告诉谁了？"

"曾大夫。"

"幼稚！这种时候谁都可能为了自己而杀别人一刀，曾大夫，他——你太幼稚了！"

"曾大夫会杀我吗？"

"我不知道。我只知道你现在应该考虑的是尽快与妻子和好。三天之内,你们俩要笑嘻嘻地出现在医院,到处逛逛让大家看见,哪怕假装都可以。"

"可是,她妈妈的条件太苛刻了。"

"你就答应了吧。"

"但这——"

"宰相肚里能撑船。男子汉大丈夫能屈能伸。自己家里的事情,怎么认输丢脸都是关在自己家里,把一切都咽下去吧。一定要照我说的做!三天以后就要开会确定人选了。"

华茹芬说完便起身告辞,她怕待久了让熟人遇上。在开门出去之前她又反复叮嘱庄建非在三天之内一定要办成事,这次机会对于庄建非太重要了。观摩世界上最先进的心脏移植手术无疑是千载难逢的好机会。庄建非将来的成就与晋升都将与此次观摩密切相关。华茹芬说:何况我们要有点良心,要让真正能有收获的人才出去,一为祖国二为人民三也为了自己的事业。

这一夜庄建非辗转反侧,难以入眠。没有妻子的日子才过了两天就乱了套。

在病案室,庄建非遇上了王珞。

烦恼人生

王珞的一身洁白工作服十分合体，压齐眉际的白工作帽将她挺秀的鼻梁及分散的雀斑衬托得鲜明生动。她朝庄建非赏赐般地送了一个微笑。

当初庄建非正要甩掉她，她就嗅出气味来并且抢先做出了甩掉庄建非的姿态。庄建非容忍了她。因此，他们的恋爱关系虽然中断，却共同创造了一个秘密。对此，他俩心照不宣，见了面依然如朋友一般点个头，偶尔逢上节日就握个手问个好。

病案室深处只有一排排高大的阅览书架。王珞站立得端庄无比，用观音菩萨那种腔调说："庄大夫，需要我出面替你劝回妻子吗？"

庄建非不禁咧开了嘴："怎么连你都知道？"

"许多人都知道所以我知道。谣言已经从外科蔓延到内科了。"

"谁在传别人的私事？谁告诉你的？"

"别婆婆妈妈追查是谁传的了。"王珞一语道破，"谁都有竞争去美国的权利。谁都可以用各种方式打败他人。"

"太卑鄙了！"

王珞轻轻笑了两声。

"在竞争的时代,卑鄙可不是贬义词。也许用卑鄙的手段追求的是一个高尚的目的。"

这种深刻玄妙的哲学式的谈话是王珞的拿手好戏,她一向不屑于谈琐事,只对此类大问题津津乐道。庄建非可没有兴致奉陪。他赶紧放弃了要查找的病历,装作已经找着并且已经查看过了的样子后撤。

"谢谢你提醒我。"

"不用。我只是想替你劝回妻子。"

"用不着,她只是回她妈妈家休息几天。"

"得了,女人最了解女人。"

"好了王珞。"

"庄大夫,请不要叫我的名字。同事之间还是称呼某大夫的好。"王珞在庄建非身后轻声曼语地说,"我想告诉你妻子,观看世界水平的羽毛球比赛是一种雅好。我还想告诉她一个成语典故:鹬蚌相争,渔翁得利。"

年年月月日日泥塑般坐在办公桌前摆弄卡片的病案管理员,正在头几排阅览架后边倾身偷听。庄建非疾步出来,撞到了她身上。这个形容枯槁的中年妇女为自己来不及闪回办公桌惊慌失措,她转身撞上了阅览架,一时间,病案袋哗哗坠落,积年的灰尘腾腾扬起,顿时混浊了空气。

"对不起。"庄建非头也不回地冲出去。

王珞咬牙切齿地对管理员说:"他可真有绅士风度。"

华茹芬说对了:有人在从他背后下手干掉他。

庄建非是一个男子汉,他绝对不能轻易被人宰割!

吉玲被父母公主一般藏在家里。剧烈的妊娠呕吐弄得她憔悴不堪。越是受苦她越是恼怒庄建非。几天来她卧病在床,把事情颠来倒去想了又想,决定抓住这个机会大闹一场,让庄建非以及他父母认识认识她。

大道理谁都懂,说上几句,来他一套,对吉玲真是小菜一碟。可现在不是时候了。假装迁就,只谈爱情的时候过去了,那都是婚前的事情。婚后的现实是:吉玲她还这么年轻,还有大半辈子要过,而且要过得美好。要过得美好,就必须解决关键的两个问题:第一,庄家必须认可她,把她当回事。第二,庄建非必须把她当回事。

现在的情形正好相反:庄家没有认可她,没有把她当回事。

他们只给了儿子一千块钱娶媳妇,这是吉玲这辈子的奇耻大辱。狗日的庄建非还舍不得撕掉那张存款单,若是给吉玲,她就会毫不犹豫地当场撕掉,并把碎片扔到庄建亚那小婆娘的脸上。金钱并不庸俗,有时候它是一个人的价值体现。四姐下嫁一个老是亏本的个体户,婆家还给了他们一万元办婚事。三年前的一万元可是一笔不小的数目。四姐的婆婆用红纸包了那一万元的存单,亲自塞到四姐手心里。这细节至今还在花楼街街坊邻里之间传为美谈。而庄家,显然认为吉玲只值得一千元了。

更有意思的是,直到如今,庄家居然没有来拜会亲家。吉玲知道母亲的脸面都挂不住了。大家都瞪眼看着,胡乱猜测。人不就是争口气么?不理睬媳妇倒也是他们的权利,但他们没权利不尊重老人。什么书香门第、礼义廉耻,完全是假冒伪劣知识分子,是狗屁!

再说,庄建非也没把吉玲当回事。

六个月的婚后生活,吉玲已经看清楚了他们之间关系的实质。庄建非倒也不是轻视她,也不是看不起她,庄建非就是不懂男人的职责,不会疼女人,从心眼里不把女人当回事。

结婚才六个月,他们就形成一套固定的起居程序了。

早晨起床,吉玲忙着下厨房做早点,两人匆匆地吃。吃完各自上班。互相说声:"走啦。"

"门锁好了没?"

"锁好了。"

中午双方都在单位度过,互相没有音讯。

下午下班以后,吉玲首先奔菜市场,回家以后又是下厨房忙着做晚饭,饭菜做好了再忙着打扫和整理房间。这时候,庄建非回家了,进门第一句话就是:"饿死了!"于是,小两口埋头吃饭,庄建非间或赞美一声:"饭菜味道好极了。"

晚上,电视里有体育比赛节目,庄建非就入迷地看。没有体育比赛,吉玲就独自看,一边织毛衣。庄建非则在房间看书。

到了夜里十点多钟,就说:"睡吧。"——这话随便谁说,接着两人便洗漱一番上床睡觉。

他们的夫妻生活时钟一般准确,一般间隔一天,有大手术就间隔两天,乃至三天。是庄建非形成的这种规律,没有征求吉玲的意见。

庄建非床上功夫十分娴熟,花样不少。每当吉玲不能心领神会,他便说他原以为花楼街的姑娘一定是很会"玩"的,看来花楼街空有其名,说了就嘿嘿怪笑。吉玲若说:"我又没当过婊子。"庄建非就更乐。

吉玲并不空有其名。她才不是那种假正经说自己讨厌上床的女人,也并不缺乏想象力和创造性。可是她还是跟不上庄建非。这种情况令她心里生疑。她有一个年近四十的同事章大姐,她们是最好的忘年之交。吉玲把自己的疑惑对她悄悄吐露过。章大姐点拨了吉玲:"这就很清楚了,你那口子在婚前肯定是和风流大嫂睡过了。"

许多个夜晚,趁良宵美景二人正热乎,吉玲盘问庄建非,庄建非总是支支吾吾混过去了事。逐渐地,吉玲再和庄建非在一块就有隔膜感了。

婚后他们并没有认真避孕。吉玲每月都密切注意自己的行经情况。庄建非婚前倒是比吉玲更挺注意她的生理周期,到了日期便来电话。

"那个来了吗?"

吉玲在大庭广众下接电话又害羞又甜蜜:"来了。"

如果吉玲说没来,庄建非敏感极了,紧张地说:"怎么回事啊?不会怀上了吧?"又叮嘱,"注意观察啊!"

那时候,吉玲总是忍不住要从心里涌出笑来。

然而婚后，庄建非对吉玲生理周期的兴趣明显地消退了。

这个月，吉玲的经期过了十天还没有来，庄建非毫无觉察。当超过二十天时，吉玲几乎可以肯定自己怀孕了，因为此前她的信期一直都非常准确。

吵架那天的清晨，吉玲情绪倒是挺好。她想给庄建非一个意外的惊喜。她偷偷留了晨尿，准备送医院做妊娠检验。她把留尿瓶子放在庄建非取手纸的附近。他既是医生又是丈夫，他当然会明白什么意思。庄建非在厕所待了一支烟的工夫，出来满脸喜色，对吉玲说："啊！今天是个好日子，晚上回来我要好好地高兴高兴。"

吉玲脸都红了，也不说破，只是连连点头。

结果到了晚上，庄建非他一进门就不断看钟，说："啊！六点五十分才开始现场直播。"——原来他从早到晚都是为尤伯杯女子羽毛球赛欣喜若狂。

吉玲没有拿出医院的化验单，那上面是一个喜气洋洋的红色加号，她怀孕了！所以，吉玲不骂人拿什么解恨？没有砸烂电视机都是爱护这个家庭的了！庄建非从来不吐一个脏字，他们庄家一家人全都使用文雅的语言，这倒使吉玲的骂人脏话又获得了另一种功效，即报复。归根到底，法律明确表明吉玲是庄建非的妻子，是庄家的人了。因此庄家人的文雅似乎不那么纯粹了。

这一切都与吉玲的人生设计相去太远。

吉玲设计她有一份比较合意的工作，好好地干活，讨领导和同事们喜欢，争取多拿点奖金。

她设计找到了一个社会地位较高的丈夫，你恩我爱，生个儿子，两人一心一意过日子。

她设计节假日和星期天轮番去两边的父母家，与两边的父母都亲亲热热，共享天伦之乐。

这！就这么简单实在。为此，她宁愿负起全部的家务琐事，实际上她已经这么做了。可是庄建非就是没有把她当一回事。

这一次如果庄建非不按她的心愿行事，执迷不悟，她就和他离婚。

吉玲的母亲一听离婚就变了脸。

"胡说，死丫头，离婚是不能随便说的！"

吉玲可不认为离婚有母亲说得那么严重。两人过不到一块儿就离，离了趁年轻再找可意的人。不管别人怎么议论，怎么劝

烦恼人生

解,吉玲自有她的主意。不把她当一回事的男人,即便是皇亲国戚、海外富翁她也不稀罕。花楼街长大的姑娘,自小靠自己争得一口好吃的、一件好衣裳。听过去的妓女讲她们的经历,听哥哥姐姐讲"文化大革命"和"上山下乡",看古今中外的各种电影,看当前漫天流行的时装和新观念,人生故事她见得多了!

吉玲的母亲对付庄建非固然凶狠老辣,但是回过头来,又对女儿说了庄建非的无数好话。劝吉玲在适当的时候回家去,不要给脸不要脸。说什么吉玲配庄建非的确是高攀了,不要人心不知足,做了皇帝想外国。老话说得是,好女不嫁二夫。天下乌鸦一般黑,婚后的男人都一样。

只有章大姐是唯一可以商量、可以信赖的人。她不仅是吉玲的密友,而且是新华书店的工会主席兼女工委员,男女之间的事处理得够多的了。她一贯主张对男人要留一着杀手锏。所以,她们把吉玲怀孕的消息瞒得密不透风,以便在关键时刻给庄家以沉重打击。

下一次庄建非再来,她们决定由吉玲出面接见他一下,把自己的要求坦率讲出来,若是庄建非表现得很不好,章大姐便陪吉玲去医院找庄建非的领导要求离婚。由章大姐开单位介绍信,以组织的名义出面，要求保护妇女儿童的权益，离婚并把庄建非从他们的住房里赶出去，医院的住房也应该归吉玲居住，因为法律绝对不许可虐待孕妇，让她流离失所。

吉玲现在专等着庄建非上门了。

当然，庄建非很快又来了。这一次，他的岳父岳母都在堂屋里。岳母还是那身油腻的衣裳，叼着香烟，洗着扑克牌。岳父佝偻在一只小竹椅上，醉醺醺地捧着他的茶杯。

"爸爸妈妈你们都在家。"庄建非礼貌地打了招呼。

没人应他。

"我是来看吉玲的。"

还是没人应他。

"吉玲今天不出来我就不走了。"

没有谁请庄建非坐下，庄建非只好自己厚着脸皮坐下。

岳母说："你知道吉玲回去的条件吗？"

"我还是认为我们夫妻之间的事最好不要牵涉父母。"

"已经把我们牵涉进去了！"岳父说，"我说句直爽话吧，你父母是太瞧不起人了。花楼街有什么让人小看的？没有它就没有汉口。汉口在清朝就是全国闻名的四大重镇。你想想,花楼街四周是些什么地方?全市最老最大的金银首饰店,海内外闻名的四季美汤包馆,海关钟楼、租界、汪玉霞食品店——"

吉玲的出现截断了她父亲的话。

吉玲站在昏暗狭窄的楼梯上,穿着一件针织长睡裙,头发披肩,踩一双鲜红闪亮的珠光拖鞋。庄建非抬头一看,仿佛见到了一颗星星。

吉玲冷淡地说:"你上来吧。"

一上楼庄建非就想拥抱妻子,吉玲躲闪开了。"你是来解决问题的。"她说。

"对了。"庄建非一语双关道,"我的问题可多了。"

庄建非抱住了吉玲,不由分说亲了几口就滚到了床上。他火热地说:"快让我解决解决。"

吉玲可不愿意就这样一了百了。况且庄建非太猛烈了,她生怕腹中的胎儿受不住。

"不行!我生病了!"她叫道。

吉玲叫了几遍,扭动挣扎,可是庄建非听而不闻。庄建非发烧一般浑身滚烫,闷得吉玲快晕过去了。吉玲只得用膝盖顶了一下庄建非的下身。只是轻轻地一下,庄建非顿时萎缩了身子,捂住疼处滚到了一边。

庄建非咬紧牙关,不出声地呻吟着,熬过了一阵阵胀疼。下身的难受好不容易挨过去了,心里的难受却膨胀得厉害。在床上还没有人拒绝过他!况且他是她的丈夫,他有这个权利。吉玲凭什么不让他看电视?凭什么骂他?凭什么跑回娘家?让他两次三番来乞怜,还如此这般地作践他!

吉玲坐在窗前的木头箱子上,毫无歉意。

庄建非梗起脖子,低声吼道:"你给我回去!"

"我不是故意的。"

吉玲是故意的。只有庄建非才有资格鉴定这种举动的性质,她是故意而且恶毒的。但是他此刻不准备与吉玲理论她刚才在床上的恶性,这是在她父母家,他们势力强大,必须把她弄回自己小家庭再说。

"你给我回去!"

"我们现在不适合谈这个问题。"

"没什么适合不适合,你是我妻子,就该回我的家。"

"嘿,你的家。"

"那也是你的家。我们的家。"

"我父母对你说了我回去的条件吧?我听我父母的。"

"我再重申一遍,这是我们的私事。"

"你父母和儿媳妇之间也是私事。"

"办不到!告诉你,想让我父母来这儿,办不到!"

吉玲的脸更冷了。

"那你走吧。"

"我限你两天之内回家。否则,你会为你的所作所为后悔的!"

"那咱们走着瞧。"吉玲胸有成竹。

走在大街上,庄建非漫无目的。他没有料到事情会搞砸成这种惨样子。半年来,他们小两口也有小吵小闹,最后只要庄建非主动表示亲昵,尤其是把妻子弄上了床,一切矛盾便迎刃而解。庄建非不明白为什么这一次老经验不灵了。

庄建非极想找一个朋友坐坐,喝点酒,推心置腹聊聊,听听朋友的意见。

找谁呢?医院里的同事是不可以找的,关系太近了,几乎每一件事情都有利害关系，动辄就是你争我夺你死我活。做学生的时候，庄建非有一帮学友，做单身汉的时候，庄建非也有一帮光棍朋友，随着时光的流逝，大家都结了婚。结了婚朋友就自动散伙了。好像和一个女人构成了一个单位、一个细胞，朋友就成多余的了。是你们自己甩的朋友，你们再到哪儿去抓一个呢？

漫步中，庄建非经过一片灰色的住宅小区，庄建非记起它是"绿洲"，"绿洲生活小区"。他大学时候的一个同学就住在这"绿洲"里。他很清楚地记得这位同学的这栋楼，因为两年前他来参加婚礼的时候，发现了一个特殊标记：正对着新房的阳台有一根水泥电线杆，恰好在三楼的高度用触目惊心的火红油漆写了一行触目惊心的字——某某强奸某某。

庄建非跨着摩托车，在电线杆的那行字下面，仰头望了望三楼阳台，欲言又止——他什么都记得，就是忘掉了同学的名字。

当庄建非自嘲地笑了笑，正要走的时候，三楼阳台上忽然有人说道："那是庄建非吧。"

听到自己名字的刹那间，同学的名字也紧跟着跳了出来。

"鲁志劳！"庄建非挥了挥手。

鲁志劳沾老丈人的光，住着两室一厅。他的老丈人是一个大

烦恼人生

型钢厂管供销的处长,在钢材紧俏的现实社会里,处级干部官职不算高,内容却很丰富。

室内贴了壁纸,布置得像中档偏高的旅馆。鲁志劳蓄了连腮胡,穿着大花衬衣。衬衣下摆系了个结,露出的胸脯上,长着比洋人不足比同胞有余的鬈毛,脖子上有金色项链,手指上有金色戒指,给庄建非抽的是美国香烟"希尔顿"。他非常热情地欢迎庄建非光临。他们在大学时期曾习惯于互相恶毒攻击以示关系亲密无间。

"弃医经商了吧?"庄建非说。

"不,业余经商。"

"看样子发财了。"

"发财谈不上,每顿有肉吃就是了。你怎么样?"

"两袖清风。哪能与你这金光闪闪的形象相提并论。"

鲁志劳大度地笑了。

"现在看来,钱多并不是坏事。我替你介绍一笔生意吧,包赚!老同学嘛,让大家都先富起来。"

"恐怕——"

"别支吾了。我要给你一笔生意。我这里好说,我只拿信息费。"

庄建非此时的问题是后院起火，最需要的是安定团结。可是鲁志劳滔滔不绝地谈着推销日本原装红外线报警器的生意，吹得天花乱坠，似乎家家都紧迫地需要提防小偷，因此钞票似乎可以像雪花一样飘落。

鲁志劳幽默地说："只消你打开钱包接钞票就行了。"

庄建非对虚无缥缈的先富起来不感兴趣，他上楼来是为了聊聊关于家庭、关于夫妻关系的现实问题的。

"你妻子好吗？"

鲁志劳一下子回不过神来，僵僵地点了点头。

庄建非解释说："我是说你们夫妻关系家庭生活都还好吧？"

鲁志劳顿时紧张起来，问："你听说什么了？"

"没有没有。只是随便问问。"

"哦，你这个人！吓我一跳。我们一切正常。"

"有小孩了吗？"

"天，你怎么变得婆婆妈妈了。要小孩干吗？趁年轻多赚点钱过几天好日子再说。难道你还没觉得中国人是多么贫穷吗？"

"觉得了。可我喜欢孩子。"

烦恼人生

"我还没这种兴趣。"鲁志劳斩断了话题,抄起一条"希尔顿"扔到庄建非怀里,宣布关于日本红外线报警器的生意已经开始了。庄建非不明白这位同学为什么如此豪爽地款待他。鲁志劳说,"我有一件小事请庄兄帮忙。"

"只要我办得到。"

庄建非从岳父家里落荒而逃,寻求朋友的帮助,结果倒要帮助别人了。

"办得到,对于你来说是举手之劳。"鲁志劳"啪"地打了个榧子。房间里魔术般地出来了一个年轻姑娘,显然不是这个家里的女主人。

姑娘笑道:"谢谢!"

庄建非倒窘住了。

"替这小丫头悄悄卸下包袱吧。三个月了。愁死了。"

鲁志劳说得轻松愉快。

私自人工流产是违纪的,庄建非不想干这种事,目前也没精力去安排这种地下勾当,但是他已经答应过了,既然答应过了就得替朋友去做。至于朋友的夫妻关系、家庭生活,他明白已经没有什么好说的了。

庄建非的沮丧令鲁志劳又可笑又同情,在送庄建非下楼的时候,他指着前边一栋楼房,说孙正就住在那里,也是三楼,他结婚以后就热衷于老婆孩子热炕头,大约正在家里带孩子呢,你可以顺路去看看他嘛。

庄建非没有计较鲁志劳讥讽的口气,说:"我当然要去看看他。"

孙正也是庄建非大学的同学,他们同宿舍五年,五年里都是庄建非的下铺。孙正是那种戴眼镜,穿衬衣紧扣领口和袖口的人,干什么都有股认真劲。庄建非真的突然很想去看看孙正。他想孙正一定不会抓住他,让他替一个陌生姑娘做人工流产的。

孙正果然本分。他妻子上班去了,他在家里一边看稿件一边带小孩。他女儿刚满两岁,蛇一般纠缠在孙正脚边。小女孩对庄建非畏怯一分钟之后马上喜欢上了庄建非,一定要庄建非不住气地把她甩向空中。这样孙正便得到了说话的机会。他非常认真地从他的生活境况谈到工作境况。

孙正这两居室的单元房住了两家,他们房间十三点五平方米,那一家十四平方米,实在不公平,因为那家朝向好一些。占了好朝向就应该住小一点的面积呀，一个人不能尽占好的呀，但是没办法，分房间的时候是抓阄，这只能说明他的运气不好。

客厅是公用的。他说：庄建非，按道理我们可以在客厅里谈话。奇怪的是谁家来了客人都不往客厅里带，结果客厅堆满了两家的蜂窝煤和破旧杂物。那家女人是个泼妇，男人是个吝啬鬼，一天到晚只是想着少出水电费。最令人不安的是他们的儿子，一个十来岁的小男孩，流里流气，老偷看小贝贝撒尿，一有机会就引诱小贝贝出房门。绝妙的是所有人都把这样住在一起的人家称作"团结户"。要是有人一进门就说：噢，你住的是"团结户"哦。他一听就火冒三丈。他说："庄建非，还是你了解我，没说那种话。这样的居住方式怎么可能团结呢？"

还没等庄建非开口，孙正又抢先说话了。说他所在的那家医学杂志完全是混蛋，除了他没有一个是懂医的，那些人调来之前是什么会计、幼师、仓库保管，可他们居然排挤他。眼看一本本完全由外行编辑的富有指导性的医学杂志出笼，不由使人心虚汗颜。

孙正又认真地谈到了物价上涨、家庭开支日渐艰难的问题，独生子女三岁之前纠缠父母、三岁后入托困难等问题。

庄建非瞅空插了一句嘴："你们夫妻关系怎么样？"

"夫妻关系可真是一个值得探讨的问题。"孙正说，"现在社会学家有几种看法。"他又阐述了一通社会学家的理论，像个用功没用在点子上的学生，答卷写了很长却始终有些文不对题。

庄建非还想努力。

"具体说下你自己吧。"

孙正干笑了一下："为什么说我？我的婚姻还不错。"

庄建非说："我也以为我的婚姻不错——"

"那就好那就好。"孙正明显地敷衍起来。他的小贝贝要喝水了，他去给女儿倒水。倒水的过程由于认真变得过于缓慢，他先用开水烫杯子，再烫勺子，还要出门去厨房倒掉用过的开水，再将杯子稳稳地放在桌子中央以免被碰掉；然后在一排药瓶里找出"金银花露"……小贝贝一直眼巴巴盯着父亲，嘴巴贪馋地吧嗒着。

庄建非猛然发现孙正已经是一个小老头了，一脑门的皱纹，脸色蜡黄，身体瘦弱。庄建非知趣地告辞，孙正从忙碌中说了一句客套话："是哪阵风把你给吹来了？"

这个认真的人把前后顺序完全颠倒了。他是因为太认真而累垮的。

朋友朋友朋友啊！庄建非郁郁寡欢地奔驰在柏油路上，为自己这一帮朋友感到心疼。

晚饭前夕，庄建非闯进了梅莹家。

梅莹正在厨房烧菜，一见之下差点松掉了锅铲。

"路过这里，偶然来了兴趣，想讨教一个专业上的小问题。"

梅莹的丈夫朗朗大笑，说："欢迎欢迎。我最欢迎不速之客了。"这是个高大的男人，有种开阔的气派，他在帮助妻子切小葱、蒜头之类的佐料。

他们的儿子在客厅，与一个相貌清丽的姑娘在一起弹钢琴，看样子是一对小爱人。一对老爱人在为一对小爱人下厨，人人面含喜色，这屋子里充满了一种宜人的气氛。

姑娘给庄建非端来一杯饮料，问他如何评价钢琴家的手和外科大夫的手。庄建非说："钢琴家的手是建设性的，外科大夫的手是破坏性的。"他的回答使他们全家人都快乐地笑了。

梅莹的丈夫接过了锅铲，让梅莹去和庄建非谈话。庄建非从内心里向这位丈夫道了歉。

"对不起!"他说。

真正懂得这句话含义的是梅莹。她丝毫没有流露出什么。

在书房里,庄建非一口气讲述了自己的困境。梅莹几乎不假思索就提纲挈领地指出了三点方向。

第一,去美国观摩学习是他胸外科生涯中一个宝贵机会,他一定不要因小失大丢掉这个机会。

第二,男女之间不仅仅只是性的关系。丈夫和妻子对于他们的家庭都还有大量的义务和责任。庄建非无疑对此认识不足,吉玲肯定有隐情。庄建非应该体贴入微,以情动人。

第三,这一次庄建非的父母一定要出面拜望吉玲的父母,其实这是他们在儿子婚前就应该做到的"上门求亲",不做到就是理亏,走遍天下都说不过去的。男女上床是私情,男女婚姻就不是私情了,是家族最重大的事情。况且越是有文化教养的人越是应该遵守这么一个文明规则:人人生来平等。轻视任何人都是一种狭隘浅薄和无礼,都会搬起石头砸自己的脚。

最后,只要庄建非的父母豁然大度,一切矛盾都会得到化解。

庄建非心里彻底亮堂了。人生认识立刻大大进了一步:婚姻绝非私事！父母必须出马！到底是梅莹！成熟的老辣的梅莹啊。时隔几年，庄建非此刻才彻底懂得：梅莹当然不会和他结婚。哪怕她发疯地迷恋他的肉体也不会和他结婚。她的生活根基已经如此丰厚，她的丈夫、儿子和媳妇都是这样聪明的人物，一家人如此和谐地生活在一起已经是这样地天长地久，梅莹哪里会舍弃他们，而和他这个毛头小子一起生活。生活内容比男女之间的性的内容要多得多，太对了！这女人真是聪明绝顶！庄建非奔涌着吻她一下的冲动，但他只是友好地伸出了手。梅莹和庄建非握了握手，给了他一个理解的微笑。在这短暂的对视里，他们一同迈过了情感的暗礁险滩。庄建非已经长大成人了。他现在要的不是情人而是良师益友了。

无论从哪个方面来说，梅莹都堪称他的良师益友。

庄建非又熬过了一个漫漫长夜。在他吸着烟、踱着步，下定决心去见父母的时候，吉玲已经果决地行动了。

吉玲在章大姐的陪同下来到了庄建非的单位，直接找到医院办公室。是经验丰富的章大姐部署直接进医院办公室的。如果去科室，被庄建非的同事朋友们一拉扯一调解，她们就显不出威力了。

是华茹芬接待她们。华茹芬一见吉玲便喜形于色。

"好,来得好。我知道你会来的,可没想到这么快,太好了!"

吉玲和章大姐被闹糊涂了,一时间做不出任何反应来。

华茹芬用开玩笑的口吻说:"第一次来我们医院吧?应该让庄大夫带你参观参观我们医院啊!"

章大姐趁华茹芬倒开水的机会在吉玲耳根上说:"可能是恶人先告状了。你得准备哭诉。要真哭啊!"

华茹芬递过一杯开水。问:"你见到了小庄了吗?"

吉玲说:"没有。"

"那我给外科打个电话,让小庄来见你。"

"不必了。"吉玲说。迟早有面对面的一天,但现在她必须单独和医院方面谈谈。

华茹芬感到了气氛的古怪。

"为什么?有别的事吗?"

吉玲舔了舔苍白的嘴唇,章大姐扶住她的腰。

"我是来请求医院组织帮助的,我要和庄建非离婚。"

章大姐递上介绍信:"我是吉玲的组织。我们调查发现吉玲受了虐待,以精神方面的为主。希望我们两个单位能友好合作。"

华茹芬完全不敢相信自己的耳朵。

"离婚?!"她费解地问。

尽管有充分的思想准备,但毕竟还是纸上谈兵。一走进父母的家,庄建非还是抑制不住强烈的屈辱感。他结婚前后所受的磨难历历在目。吉玲虽然有一双不像样的父母亲,可他们是女儿的大后方和庇护所,随时张开翅膀准备保护自己的孩子。从这一点来说,庄建非是羡慕吉玲的。他的父母满腹经纶,富有教养,按说感情应该比一般人丰富得多,却不知为什么,饱学了人类知识的人反而会疏远人类。

庄建非曾经痛下决心,要在父母面前做出个婚姻美满的样子,但是不幸,现在婚姻才半年,他就不得不来求助了。既然大家都觉得只有他父母出面才能最终解决这一次的麻烦,庄建非没办法不来。一路上,庄建非援引了许多古今中外男子汉大丈夫委曲求全的例子来说服自己,比如韩信忍受胯下之辱,勾践卧薪尝胆等等。这样去比喻似乎太孩子气，但是庄建非明白他其实不是孩子气，一切都是真格的。

的的确确，庄建非沉痛地体会到：婚姻磨练男人。

青少年时期，甚至大学时代，庄建非一直都琢磨不透许多中年男人为何处世那么圆滑老练，能忍辱负重，现在他明白这与婚姻不无关系。很少有哪个风云人物是光棍汉，恰恰相反，杰出人物们大多都经历了不止一次的婚姻。从某个角度看，婚姻是人生课堂。梅莹就是成绩优异的过来人，她不止一次地强调：男女之间不仅仅只是性的关系。真是至理名言！

庄建非的父母居然放下案头巨著，走出了书斋，双双来到客厅接见这个同住一城市却阔别已久的儿子。庄建非多少受到了一些鼓舞，看来父母也把结了婚的儿子当作成人了，不再像从前那样对他不屑一顾了。

"吉玲出走了。"庄建非开诚布公。

庄建非的父母和妹妹都不同程度地受到了震动，大家一齐望着他，等待着下文。庄建非发现母亲转瞬间便镇静了，镇静以后便有了一丝嘲讽的表情。这样庄建非就不想再往下说了，他母亲却扬了扬手指："说吧。"

庄建非简略地回顾了吉玲出走的经过,但没说出吉玲回来的条件,他想先看看反应再说。

庄建亚的态度最为激烈。

"这就是那帮汉口小市民的德性,动不动跑回娘家什么的。和她结婚都是抬举她呢!别理她,看她过几天自己不乖乖地回来。"

"建亚,你还是一个小孩子。"

"哥哥,你怎么变得如此软弱了?说到底,她是个什么人——花楼街的姑娘。"

"别这么说,她是你嫂子。"

"可你……可她背叛了你!"

庄建非被妹妹惹笑了。吉玲没有背叛她,只不过暂时离家出走,跑回娘家了。

父亲紧挤着眉宇间的皱纹,忧虑重重。

"你的妻子她出走了?"

"是的。"

"实质上她为什么走?"

"好像没什么实质问题。"

"她为什么不愿听你讲道理呢?"

"不知道。"

"她应该明白你们是自由结婚的。"

庄建非只得点头。

"这么做太岂有此理了!"

"是有点。"

"哪儿能管这样的事?法律管吗?"

庄建非啼笑皆非。

"好像不管。爸爸。"

"好了好了。"一直没动静的母亲开口了。

"建非,怎么说呢,现在事实证明当初不是我们错了而是你错了。"

庄建非隐约感到心尖尖哆嗦了一下,他的心脏有一阵子特别地不舒服。

母亲说话抑扬顿挫,有种吸引学生的教师风度。她直视儿子,说:"你的性格我了解,你自小就是打掉了牙往肚里吞。我以为你即使不美满也会做出个美满模样来的。所以,令我吃惊的不是吉玲离家出走,而是你跑回来诉苦。兴许你的目的不仅仅是诉说苦恼，接受你父亲和妹妹的同情。他们书呆子似的同情满足不了你——"母亲越说越尖刻。

"你要是想我们为你做点什么，就开门见山直说吧。"

"不！我不要你们为我做什么！"庄建非说。

事实上只要他与吉玲是夫妻，他父母与吉玲的父母就是亲家。他的父母理应婚前就上门提亲。婚后更应该尽快补课：主动拜访亲家。人类最文明的规则就是：人人生来平等。皇帝也有草鞋亲呢。庄建非通过这几天对生活的学习，已经知道这件事情是父母应该做的，而不是他们在为儿子去做，他们饱读诗书，这么一把年纪了，怎么就不懂最基本的文明呢？！

心尖尖的哆嗦清晰地转变成了痛楚——庄建非强忍着，他暗暗想：梅莹啊梅莹，我还是毛头小子，我还是说不出口啊！

"算了！我走了。"庄建非勉强说了几个字，只是朝妹妹摆了摆手，表示一下再见。

母亲还委屈了，冒火地说："我们没说不帮你啊。"

庄建非向母亲礼貌地欠了欠身，说："帮我？谢谢。没这个必要。"

这个时候，电话铃激烈地响了。庄建亚接电话之前说哥哥你等等，说不定和你有关系。庄建非也有一种强烈的预感，这个电话肯定与他有关系。

果然，电话是华茹芬打来的，有十分紧急的事情要与庄建非的母亲谈，当然事关庄建非的。这个电话长得差不多没有尽头了。当庄建非正要离开，他母亲放下了电话，说："你别走！你走到哪里去？她要和你离婚，并且要求你离开你们居住的房子！"

"吉玲吗？"

"不是她还会是谁呢？她已经去你单位了！连她们单位工会干部也一起陪她去了，正式要求离婚和赔偿！"

庄建非一听火冒三丈，肺都气炸了，脑子也糊涂了。他四面楚歌，没有退路了。算了！谁也不求了，离婚吧离婚吧！

庄建非的母亲喝道："慢着！你怎么完全没有脑子呢？你怎么不告诉我们你正在竞争一个去美国学习的名额呢？学习！去美国学习！这是多么宝贵的机会，是最重要的事情。其他家庭琐事与之相比，算得了什么呢？"

谁不想去美国学习啊！庄建非想，可是去美国学习一下，也太艰难曲折了吧？他害怕了。他更愿意保护他的自尊。

庄建非不愿意停留与乞求了，他还是一步步向外面走去。

他母亲立刻就行动了起来,请他父亲给学院办公室打电话要小车。她在庄建非身后说:"我们将全力以赴支持你能去美国学习,请你不要意气用事因小失大,小两口绝对不可以在你事业进步的关键时刻吵架和离婚。庄建非,我不管你的虚荣心多么强,多么不愿意开口求我们,我们还是会帮你。今天,现在,一会儿,我们马上就去花楼街,替你接回你妻子。"

庄建非傻了:生活怎么就是如此地超出想象?!

开始是这样的吧:为了一件莫名其妙的小事,甚至不知道为什么事,夫妻吵架了。然后就滚起雪球:他的同事、吉玲的家庭、章大姐、华茹芬、王珞、曾大夫、他的父母、双方的单位,慢慢都参与进来,一场大混战。

这就充分说明,婚姻不是个人的,是大家的。你不可能独立自主,不可以粗心大意。你不渗透别人,别人要渗透你。婚姻不是单纯的性的意思,远远不是。妻子也不只是性的对象,更是过日子的伴侣。过日子你就要负起丈夫的职责,要牺牲一些自己的爱好和注意力,去关注妻子的喜怒哀乐,要关怀她、迁就她,要接受周围所有人的审视和非议。然后大约才能消除离婚风险,与她搀搀扶扶、磕磕绊绊走向人生的终点。

在所有人中间,只有梅莹是一个智者。她说过:"你总有一天会懂的,孩子。"

现在庄建非懂了。

矛盾闹得突然,解决得也突然。

庄建非的父母坐了一辆小车赶到花楼街。路过"汪玉霞"副食品商店,停车买了一大提兜花花绿绿的糕点。一见亲家的面就递了过去,客气地说:"一向穷忙,今日才来拜望。"这当然是庄建非的母亲对吉玲的母亲说的。两边做父亲的,都是点头笑笑,都不说话。吉玲的母亲身前身后挤满了看热闹的邻居,光这一句话,她的面子就赚足了。所以她笑得亲亲切切,热情得好似一盆火,马上吩咐摆酒下厨,拿出了自己贴身的存款,吆喝大家去买肉买鱼,一定要买活的新鲜的鱼,不惜血本款待亲家。

吉玲的母亲是见过几朝风雨的人,随机应变最是在行了。当小车问路的时候,已经有街坊小孩子跑来报信了。她闪进房间,眨眼的工夫就将邋遢的面貌焕然一新。庄建非的母亲倒没想到花楼街的家庭妇女竟有这般整洁体面的,心里也得到了几许安慰。吉玲的母亲当然深知亲家来意,是来替儿子接回媳妇的。所以首先就通报女儿的动向：吉玲今天刚好出差去了。又骂了自家女儿，说吉玲真是个身在福中不知福的傻女伢，做母亲的先替女儿赔个不是，回头还要狠狠批评她。

章大姐也在吉玲家里，正在与吉玲的母亲商量离婚的具体事宜呢，一见风向转了，自然更乐意做成人之美的好事。从前的老话是：宁拆十座庙，不毁一桩婚嘛。她立刻拉过庄建非个别谈话，在花楼街的巷子拐角处说了好半天，把吉玲的委屈悉数告诉了庄建非，虽然也批评了吉玲有一点爱使小性子，但也着实数落了庄建非对妻子的马虎大意。因为现在都只能生一个孩子啊，初次怀孕对于一个年轻女人是天大的事情啊！

问题是庄建非根本不知道吉玲怀孕了！一旦得知吉玲怀孕，庄建非心里又波澜迭起。初次怀孕对年轻男子也是天大的事情啊！那可是他的孩子啊！好不容易，庄建非熬着，陪父母这顿假惺惺却也是觥筹交错的酒席。等他父母一上小车，驶离花楼街，庄建非就骑上了摩托，风驰电掣赶往章大姐家。吉玲被她母亲和章大姐秘密地藏在这里。

吉玲已经从提前离席赶过来的章大姐口里知道一切了。知道自己的父母如愿以偿，万事大吉了。只有她独自在朋友家里闹妊娠反应，呕吐得快脱水了。吉玲后悔了，眼巴巴等着自己的丈夫呢。吉玲一见庄建非，扑进丈夫怀里就哭了。

"你这些天吃的什么？"吉玲问。

庄建非说："胡乱凑合呗。"

吉玲嗷的一声又伤心了，说："没有给你煮饭，对不起啊！"

庄建非很轻柔地按在吉玲的小腹上向小生命道歉。

"我的儿子，爸爸对不起你。"

吉玲说："也许是女儿呢。"她一边流泪又一边笑了。

小两口依偎在一起，絮絮叨叨地，把他们两边的状况合成了一个完整的故事。一会儿互相责怪，一会又争着检讨自己，哭哪笑哪吃醋哪憧憬将来哪，五味俱全。

不知不觉中，天色已晚。章大姐买了菜回来了，留他们吃晚饭，他们谢绝了。庄建非说："我们回家吧。"

吉玲说："我们回家。"

"离婚"这个词成了一句笑谈。庄建非终于圆满解决了一切问题。他相信往后他就更有经验了。

只有庄建亚一直耿耿于怀，对吉玲不冷不热。她在日记中写道：哥哥其实没有爱情，他真可怜。而她自己，年过三十，还没有找着合意的郎君,她认为当代中国没有男子汉,但当代中国也不容忍独身女人。她又写道:我也可怜。

写于1988年7月,1989年1月,在《上海文学》发表。

太阳出世

1

冬季是结婚的季节。

元旦那天,武汉三镇仿佛家家都在举行婚礼,黄昏时分是迎娶的高峰时刻,长江大桥被许许多多迎亲队伍堵塞交通达四十分钟之久。交通警察最后不得不挥手弹开如蝗飞来的香烟和喜糖,拉下面孔破口大骂。宣称如果他喊了"一二三"之后,人们还争先恐后拥挤不听他指挥的话,他就要行使国家法规赋予的权利,把这些阻碍大桥交通的大彩电大冰箱掀到长江去。说罢他就高喊:"一——二——三!"然后径直冲到一群依然争执不休的红男绿女中,将两支对抗队伍中的一部收录机和一只电饭煲掀进了长江——交通这才恢复正常。

赵胜天和李小兰双方的家庭都住在武昌。即将成立的小家庭也在武昌。他们用不着过江挤大桥。但还是没有逃过劫难,因为大桥交通堵塞,使紧接着大桥引桥的武昌阅马场也堵塞,以至于赵胜天在阅马场大打出手,他自己也被打掉一颗门牙。做新郎这天被打掉一颗门牙真是令人永生难忘、永世气愤。而穿着他花八百多块钱买的结婚礼服的李小兰还说什么"赵胜天!真没想到你是这么一个混蛋马大哈"!这哪里像他的新娘子!

这一夜他们没睡在一起。李小兰说赵胜天满身血腥味和土腥味,像一只好打恶架的癞皮狗。赵胜天不客气地回敬了李小兰一句:"你这个小婊子养的!"

如果不是在此之前他们已经同床共眠过,肯定他们两人都会为自己空度洞房花烛夜终生抱憾。

本来,按赵胜天、李小兰的想法是:婚礼尽量豪华。但是迎亲这一道程序,一定要从大街上游行的方式就不必随俗了。

赵胜才坚定地说:"不行!"

赵胜才是赵胜天的大哥。赵家老头子坐在一边一支接一支抽大儿子孝敬的外国香烟,大儿子则父亲一般决策家庭成员的婚事。赵胜才八年前辞掉肉类联合加工厂屠宰工的工作,南下沿海经济特区做生意。天下还真让他这小学毕业的半文盲闯出来了。如今他定居深圳,有幢花园洋房和小轿车,外带妙龄女秘书。自从他发财以后，每次回武汉便俨然一家之主。他说不行，二哥三哥四哥五姐及父母双亲都说当然不行。

赵胜才说老幺的婚事必须要按武汉市第一流水平举办。这关系到他的荣誉问题。他要让街坊邻居、让肉联厂欺侮过他的狗杂种们、让曾经甩了他的那个当幼师的婊子看看，都看看！

赵胜天、李小兰自己的婚礼不能自己做主，多少有些不快，但一想到又不要他们掏钱，不游行白不游行，也就默许并配合了。

目前武汉市最流行最时髦的迎亲交通工具是"麻木的士"，即好酒的汉子们踩的人力三轮车。小轿车曾经流行过一阵子，但很快被"麻木的士"所淘汰。因为小轿车显不出结婚内容的豪华。东西都装在车子里头，大街上人们看不到，有什么意思？武汉人喜欢显。

赵胜天迎亲雇用了二十辆"麻木的士"。六辆坐人，十四辆拉结婚用品。头天晚上穿小巷把结婚用品运到李小兰家，元旦这天下午从李小兰家大张旗鼓接出来，与李小兰的嫁妆合在一起，在大街上热热闹闹游行一番，再返回赵胜天家。冰箱、彩电、录像机、音响、全自动洗衣机、不锈钢厨房用品、抽油烟机、高级缎面绣花被子八床，摞成一座小山包，还有一支竹竿高高地挑着煤气户口卡。二十辆"麻木的士"披红挂彩，花团锦簇，路线是从中央农民运动讲习所旧址出发，上解放路，经由彭刘杨路到达阅马场，再转入首义路回到解放路。如果走直线，他们十分钟就到了，可是他们必须游行。游行引来多少路人观看。多少路人羡慕得口水直咽。赵家就是要这个效果，不然算什么婚礼。

架是这样打起来的：因为交通堵塞，两支迎亲队伍在阅马场被紧紧挤到了一块儿。另一队伍只有八辆"麻木的士"，新娘子却比李小兰漂亮得多。两支队伍便互相瞧不起来。当时阅马场堵满了各种车辆，许多耐不住寂寞的麻木的司机也凑乐子，故意说些挑拨离间的俏皮话。满大街看热闹的人一片声哄笑。

"狗日的们！"赵胜天咒骂。

李小兰说："你还不如骂自己。没骨气。听你大哥的。丢人现眼。"

"现在丢人现眼的就是你，还不快闭上你他妈的臭嘴！"

"你他妈还嫌我丢人？！"李小兰说着就要跳下车，被女傧相们生拉活扯留住了。

赵胜天不敢再惹李小兰，这个女二百五真的会说跑就跑的，假如新娘子跑了，婚礼怎么办？他哥赵胜才还不打死他。但是对方的新娘子的确很漂亮，四周人们的议论的确很让他窝气，长时间堵车更让他上火：躲都躲不开。赵胜天的眼睛开始骨碌碌乱转，想找点岔子惹是生非。他二十岁之前经常在这一带惹是生非，没料到二十六岁做新郎的日子，又旧病复发了。正在这个时候，对方有个女傧相往赵胜天的"麻木的士"车轮上吐了一口痰，他很高兴抓到了把柄。赵胜天跳下新郎的座位，劈开腿，叉着腰，指着痰，大声说："谁的狗啊，瞎拉屎也不出来管管，再不露面，老子要她自己舔干。"

一个身材高大的年轻人也毫不含糊，从漂亮的新娘身边走过来，对赵胜天说："伙计，我们到边上去玩玩怎么样？"

赵胜天微笑了。

围观者立刻内行地往路边拥。就在辛亥革命首义的指挥部红楼前面，打起了一个场子。一对新郎便在屹立的孙中山先生铜像的注视下拉开了架势。他们虎视眈眈了片刻，双方同时进击。赵胜天直捣对方胯下，对方取的是赵胜天面门。赵胜天仰头略让，对方一拳捶在下巴上。他被打掉了一颗下门牙，满口鲜血。对方却痛倒在地，捂住下身左右翻滚。有人兴奋地数了十下，年轻人不仅没站起来,反而哭了。赵胜天胜利了!这位新郎今夜别想洞房花烛夜了!周围看热闹的人群,都心照不宣地坏笑。赵胜天一想到这伙计至少一周不能和漂亮新娘睡觉就直乐。但是,赵胜天走回队伍,刚刚落座,就听见了那边新娘的哭叫声:"请把我弟弟送到医院去!先送我弟弟!"

弟弟!赵胜天顿时凉了半截腰,脸上立时就露出了凉了半截腰的神情。就是在这个时候,李小兰盯着他脸上的表情,指名道姓地说:"赵胜天!真没想到你是这么一个混蛋马大哈!"平时他俩互相称呼"小赵""小李",极少数非常时刻才称呼全名。

赵胜天说:"李小兰个小婊子养的!我是为么事打架你心里有得数?"

李小兰说:"我有得数!你有数你打人家弟弟?!"

李小兰说完就下车跑了。真的跑了。

原来李小兰并不是个娇小活泼、用黄金首饰就可以蒙住她心眼的憨妮。赵胜天感到受了她的骗。

新婚夫妻才开头,往后怎么过呢?

2

大哥赵胜才像个真正的富翁一样,拍了拍发福的肚皮豪爽大笑,在笑声中坦然地承担了自己决策中的错误。

"我没想到武汉市还是这么他妈的不文明,深圳就不会这样了。"他说。

作为弥补,他建议新婚小夫妻外出蜜月旅行,坐飞机来往,费用由他赞助。

"坐飞机比坐'麻木的士'打架的机会少。"赵胜才的这句话终于把李小兰逗笑了。

有别人出钱买和谐,小两口就比较容易言归于好。他们都没坐过飞机,都很想坐一次飞机。干吗不坐?别人出钱,不坐白不坐。

他们搭肩揽臂一块儿商量旅行去向。如果武汉—香港一日游没有停航的话,他们就不会有分歧,一致去香港,可惜香港停航了,好事总是不够圆满。

赵胜天说:"去北京吧?"

李小兰说:"北京我去过了,还不如上海。"

赵胜天则认为上海是个商业城市,没什么名山大川可看;况且上海人欺生排外又不经打,还不如去苏杭,俗话说上有天堂下有苏杭。

李小兰认为苏杭都是人工雕琢,还不如去自然风景的九寨沟。

可是九寨沟的自然美景美在夏季,冬天去那山沟沟看什么?那就还是考虑城市吧。

小两口趴在中国地图上寻来找去,最后选中了山城重庆。重庆又可看山水又可逛城市还有麻辣火锅吃。

他们买了飞重庆的机票。兴兴头头收拾行装,告辞亲友,到候机厅等候坐飞机。天才知道为什么生活总是一波三折呢?他们的生活又出问题了:重庆方面有雾,推迟起飞时间,赵胜天、李小兰白等了一天。第二天又去机场,又说有雾。

等着等着李小兰告诉赵胜天:"我有点儿烦。"

"忍忍。"

过了一会儿,李小兰说:"我有点恶心。"

赵胜天没理她。心想老这么等着,谁都会恶心的。

突然,李小兰很冲动地站起来,捂住嘴跑进厕所。女厕所里立刻响彻呕吐声。赵胜天在厕所和行李箱之间来回小跑,耳听得李小兰像挨揍的小狗一样惨叫，他头一次感到有点惊慌失措了。乘客中有位中年妇女自告奋勇出来说她是医生。赵胜天一揖到底，连声说谢谢活雷锋！

中年妇女一进厕所，李小兰很快就停止了呕吐。过了好一会儿，中年妇女搀着李小兰出来了。李小兰面带红晕，完全不像个病人。出于人道，赵胜天还是敷衍地进行了问候。

"大夫，她病重吗？是什么病，需要送医院吗？"

中年妇女轻轻的话语对于赵胜天不啻一串惊雷。

"她不需要送医院，但需要送回家。她应该卧床休息几天。因为她怀孕了。"

怀孕了！赵胜天张口结舌，脸颊发赤。李小兰怀孕了！

中年妇女说："别不好意思。恭喜你们啦。"

赵胜天忘了说谢谢，李小兰说了。李小兰比赵胜天冷静得多。

——坐飞机蜜月旅行的美好计划因李小兰的怀孕而夭折。小两口沮丧极了。

这孩子来得真不是时候。现在年轻人婚后生活都是有规划的，一般都不愿意随便生孩子。赵胜天、李小兰的计划是两年以后要小孩。首先是好好享受两年新婚生活，同时也攒点钱以备后用。失误就失误在避孕措施上。赵胜天坚决不肯使用避孕套。理由是他一套上那玩意，就觉得自己是个橡胶男人；李小兰坚决不肯吃避孕药，理由是吃了她就头痛心慌月经不调。婚前同居总归是躲躲闪闪不太好见人，所以又不便去医院上节育环。只有采取安全期避孕的方法。由此看来，安全期并不安全。怎么办？

怎么办？生孩子谁来管？产假满了之后谁照料孩子？赵胜天的母亲已经当众宣布过了：她决不再给任何人做老妈子。她这辈子自己养了六个，给人带了六个，二六一十二，总共一打。她再抱孩子胳膊都发抖。厌恶了。这几年她只做两件事：打麻将和给老头子做饭。

李小兰的父母都是处级干部，都没退休，一副领导干部的架子早端在那儿，见了孙子外孙只限于点头微笑，至多握握孩子的小手，发表一个慈祥的看法："嗯，长得不错嘛。"

如果请保姆，那么更大的困难将接踵而至：去哪儿请保姆？哪儿找得到好保姆？一间单身宿舍已被塞得满满的，保姆住哪儿？拿什么钱养活保姆？

赵胜天每月工资七十元，李小兰六十四元。所有补贴加一起，两人收入不到一百八十元。小白菜六毛钱一斤，瘦猪肉五块，鸡翅膀八块啦！靠兄长靠父母结了个豪华的婚就够意思了。他们就把你们送上岸了。你们成人了。再回家吃饭就说是"刮一顿"了。赵胜天还是个挺爱脸面的人呢。孩子你说我们该怎么办？在为未来孩子存的零存整取折子上，才刚刚进入第一笔款子：二十六块钱。

赵胜天和李小兰依偎在一起，絮絮叨叨说到深更半夜。他们在生活风暴的突然袭击之下心心相印了。赵胜天不时抚摸妻子的脸颊，李小兰也不停地抚摸丈夫，两人相互体贴，就像两只冻坏了的小猫在挤着身子取暖。

"你说怎么办？"

"你说呢？"

"我说——我没办法。你是男的，你说了算。"

"那明天我陪你去医院。"

"好。"

"不许怕痛啊。"

"好。"

李小兰非常乖地答应了。

他们小心翼翼地,活像绕暗礁险滩一样,绕过了"人工流产"这个词。

3

妇产科有间房子挂着"人流室"的牌子,房门口有几条长凳。女人们全坐在凳子上排队,男人们则在窗口、走廊、楼梯口闲逛。

"人流室"把门叫号的护士是个体形发胖的半老妇女。她坐得安若磐石,愤世嫉俗地瞪着面前的两个世界:不关痛痒而悠然自得的男人世界;准备流血的战战兢兢的女人世界。共同作孽,一个要下地狱,一个却安然无恙,谁能拯救这卑鄙无耻的人类呵!

轮到李小兰了。

"请问您哪,痛吗?"李小兰紧张极了。

胖护士倒有着细腻柔和的好嗓音。

"有点儿,咬咬牙就过去了。姑娘,就这样,生活就得先学会咬紧牙关。"胖护士认真地示范咬牙动作,腮边的肉一嘟噜一嘟噜颤动。李小兰笑了。她这一笑便露出了灰色的牙齿。胖护士说:"四环素牙。和我女儿一样,六十年代出生的苦命的孩子们,满口铭刻历史罪恶的灰牙齿。用不着自卑,你看这人模狗样的大小伙子还不同样拜倒在你的石榴裙下了。"

胖护士在男人们中准确地指出了赵胜天。男男女女们都乐了。李小兰笑得咯咯脆响,小姑娘活泼的神情又回到了她脸上。她彻底放松了,轻松地进房间了。

有那么一阵子,赵胜天体会到了由脚心上升的细细的震颤,他被感动了——被这个胖护士给予他妻子的抚慰而感动,他的全身是因感动而震颤。多少年没有感动过?十多年?不,更长。有什么值得感动的?记忆中的第一页是饥饿,第二页是斗殴。六十年代初的"三年自然灾害"时期,父母要养活六个孩子和四个老人。为一口米饭,为半个馍馍,六个孩子打架,父亲和母亲打架。后来便是在学校打架。在夜幕下的黄鹤楼剧场门口为争夺电影票争夺女孩子而打架。他鬼点子多,调皮捣蛋,老师便整他。他也整老师,与老师及同学中的内奸的战争一直持续到技校毕业才告结束。工作以后情况不仅没有好转,大社会更复杂了。产品销路不好，经济效益不好，书记厂长关系不好。谁也不认真干活，谁都不对谁负责。大哥赵胜才慷慨解囊不能使他感动。因为赵胜才欠他太多。从小就专拣他欺辱，逼他喝他的尿，抢走他忍饥挨饿积攒的过早钱。况且赵胜才一再声称赵胜天结婚是他的荣誉问题，赵胜才是在为他自己的荣誉付款。父亲值得他感动吗？父亲就会往家里揣公家的小东西：抹布、扫帚、肥皂、草纸、水杯、算盘……他对五个大孩子对付一个小孩子的丑恶行径睁只眼闭只眼，有口烟抽有口酒咪他就赛神仙了。母亲是怨恨的化身。儿子们的名字全叫小杂种，女儿叫臭丫头。孩子们的生日她全弄混淆了，张口闭口说不如早点儿死了好，张口闭口就说腰又疼死了。

对赵胜天来说，感动实际上是一项空白。他嘻嘻哈哈惯了，连绷直两腿立正的姿势都不会了。他永远是一条腿弯着，全身摇晃，一双眼睛漠然向世界。

医院是赵胜天极少光顾的地方，仅有的几次也都给他留下了很糟糕的印象。他怎么会被医院感动呢？连他自己都理会不过来。

李小兰是个相当娇气的女孩子，打一针肌肉注射都哎哟半天。从昨天晚上决定做人工流产到今天上午,她眼睛就像坏掉的水龙头,一直在漏水。今天早上一进医院就软倒在挂号处。赵胜天这么劝那么劝,温柔手段用尽了也无济于事。若是医院再远一点,赵胜天的耐心就没有了,也许要揍她屁股吼她两句了。

可是,胖护士哄好了李小兰。哄得那么巧妙那么慈爱。胖护士的职责是把门叫号,没人会因为她多做了工作而多给奖金。这么说还是有人在认真干事,还是有人在为他人着想呵!赵胜天真是没想到自己会在医院妇产科人流室门口补上感动这一课。

"喂,小伙子,你发什么愣?打电话去!"

胖护士大声提醒赵胜天,口气挺冲。

"好的。"

赵胜天毕恭毕敬地回答,并且稍稍弯腰以示致意。他知道胖护士不是冲他,而是谴责男人世界,他完全能宽容。他为自己学会了一点儿宽容而欣喜。

打电话是赵胜天、李小兰昨天就商量好了的。

第一个电话通知赵家。赵胜天的五姐赵胜珠是小学教师,正在上课。赵胜天说家里有人急病住院请传一下赵老师。赵胜珠就慌慌张张来了,慌慌张张地抓起话筒就问谁病了?

赵胜天告诉了她实际情况。

"天爷!这怎么了得,我要告诉妈去!"

"那就拜托你了。"

"妈肯定不同意。头胎哪有做掉的。"

"没办法。已经做了。"

"苕杂种!"赵胜珠一急就不顾为人师表了,"你怎么能听那小妖精的话,她当然不愿意要孩子,有了孩子她就没那么快活了。"

"我没听她的,是她听我的。"

"少吹牛。我这就告妈。"

"去吧。"

赵胜天的第二个电话是通知岳母。李小兰说希望她妈来照顾她几天。

李家妈妈不愧是处级干部,没等女婿讲完就打断了他:"小赵,首先你要做的是放下电话,赶快制止手术。"

"恐怕来不及了。"

"恐怕是什么意思?"

赵胜天扭头看"人流室",又进去了几个女人,没见一个男人冲进去制止。

"就是已经来不及了。"

"简直乱弹琴!"

赵胜天没词。

"你们结婚才十天哪!"

"是啊。"

"就有孕五十多天不怕影响不好?"

赵胜天更没词。决不和岳母对抗,这点他是很能把握自己的。

"妈妈,小李说希望你能来看她。"

"当然。我的女儿我心疼。对你,我倒有个希望,希望你别再引诱兰兰做些出格的事。"

"好的。"他说。多滑稽的问题,婚都结了,还有什么出格的。

"好好照顾兰兰,煨点鸡汤让她喝。"

"好的。"

"注意,要么就采取有力措施暂时不要孩子,要么就好好生下孩子。你是男同志,要有责任心。再发生这类事我可对你不客气了。"

"好的。"

4

进了"人流室",一个头戴淡蓝色手术帽的女大夫说:"拿来。"她要病历。

李小兰递上病历的同时递上了一本特大台历。这种印刷精美的进口大台历目前在武汉市还不多见,是赵胜才的女秘书送给他们的结婚礼物。元旦刚过春节没到,送这种礼物还恰当。

大夫注意地瞟了李小兰一眼:"你是未婚?"

"不。"李小兰脸红了,连忙拿出结婚证。"只是我怕疼,请您轻点。"

"哦。"大夫说,"你别紧张,我尽量轻一些。"

李小兰到布帘子那边的房间接受检查。这间房很大,有暖气。妇产科检查床摆了一溜。有几个女人仰天八叉接受检查。两个年轻男实习生正在实习。

大夫吩咐李小兰脱掉一只裤腿,自己便乒乒乓乓拿器械。李小兰犹犹豫豫地脱着裤腿,肌肉又开始发硬,她有点后悔了。

太阳出世

"短裤也脱掉。"

大夫举着明晃晃的窥阴器简洁地命令。

李小兰吸了吸浓重的药水味,瞟一眼附近的男实习医生。

大夫说:"八十年代的年轻姑娘还这么封建?脱吧。快点儿。"

八十年代的李小兰一点儿都不封建。她十六岁就开始谈恋爱,先后谈吹好几个。在舞厅跳舞认识了赵胜天,第二天晚上就约会了,并且还拥抱接了吻。她没有丝毫等级门第观念。处级干部家庭的女孩想嫁就嫁给了普通市民家。夏天在东湖游泳,她穿着比基尼泳装大摇大摆。她敢顶撞父母,也敢顶撞领导。她对谁都可以坦率地承认自己学习成绩不好,考不上大学。赵胜天看中的就是她表里如一的潇洒劲儿。她潇洒得使赵胜天私下里以为她是一个好摆布的憨妮。不过通过结婚,她已经向赵胜天表明了自己并不憨。

过去从来没有人评价李小兰封建。这位大夫倒是个发明家。你错了,这和"封建"二字没有关系。一个姑娘应该有她的神秘,有她保持神秘的权利;有她的娇羞,她拥有这份娇羞,她才是个可爱的女孩子——李小兰默默地告诉大夫,一边磨磨蹭蹭地脱短裤。

除非李小兰不做人工流产，否则，大夫的一言一行均不可抗拒。妇产科医生及其器械的可怕，就在于它无情无义地消灭姑娘的神秘和娇羞。李小兰害怕的就是这个。她觉得并不是男人把姑娘变成妇人的，而是妇产科。当窥阴器冰冷地伸入李小兰体内时，她眼角滚出了泪水。

"痛吗？"大夫问。

李小兰摇摇头。不是痛，是难受。她被摧毁了。她的娇憨、羞涩、神秘被摧毁后扔在床下的污物桶里，再也捡不回来了。李小兰看见实习医生走过来。她知道自己无权阻止他们。她不吭声，两眼绝望地望着天花板，呕吐的冲动又上来了。

大夫在摸她的宫颈，严厉地说：

"别动。女人总归是要过这一关的。"

女人总归是要过这一关的。女人！身为女人！李小兰把这话咀嚼了一遍，顿觉醍醐灌顶。她是女人，不是姑娘啦！真正的女人都得经过这一关。都得叉开你的腿，脱掉你的裤子。无论是谁，全人类都一样。因为新生命将从你这儿诞生，太阳将从你这儿升起。不破不立。李小兰用不着为自己的破碎紧张、害怕、恶心、流泪，实在是用不着啊！李小兰出了一头的细汗，全身瘫软了。

大夫说："检查完了你倒放松了。"

大夫告诉李小兰用不着穿好裤子，她说："我们这就去做。"

"做什么？"李小兰一时忘记了。

"你来做什么的？"

"哦。"

李小兰只顾自己想入非非去了。她忽然明白她已经接受了检查，检查证明她是一个健康正常的孕妇，现在她应该过去躺在另一架机器上，做掉孩子。可是正因为李小兰是一个健康正常的孕妇，她就应该孕育这个孩子。李小兰郑重地对大夫说："我不做了。我要孩子。刚才他在动呢。"

大夫笑道："那是我的手指在动。"

"可他不久就会动的。"

"当然啰。八个多月一晃就过去了，他就哇啦哇啦出世了。"

李小兰怀着对八个多月之后哇啦哇啦小家伙的强烈憧憬，面泛桃色，迈着母亲的稳重步态走出了人流室。全世界困难重重，可婴儿仍雨后春笋般冒出来。困难算什么！

赵胜天猛一见李小兰似乎有些不敢相信是她。他上前搀扶她,被她甩开了手。

"用不着。"她笑呵呵地说。

"没做?"

"你真聪明。我决定不做了。"

"英明的决定!"

赵胜天一声欢呼,如释重负。他把李小兰拉到宣传画前看"生命的起源"和"只要一个好"。他说他已经看了三遍。每看一遍就来了很多兴趣,其实应该留下孩子养养试试。迟早总是要个孩子的嘛。

李小兰指着一颗蚕豆大的胚胎,告诉赵胜天:"他现在有这么大。"

"他是活的吗?"

"那还用说。"

"太好了。"

赵胜天、李小兰高高兴兴离开了医院。一路上他们兴致勃勃地交谈。这一天对他们来说胜过以往许多年。他们领悟了人生中至关重要的一课:创造生命的欣喜与强烈的保护意识。许多人是直到死也没弄懂的。

5

什么事情都是说起来容易做起来难。赵胜天、李小兰过去哪懂这个道理。

打从医院回家后,李小兰的妊娠反应越来越重。李小兰的母亲经常打电话鼓励女儿吃东西。

她说:"兰兰,你要吐了再吃。把饭当药吃。把怀孕当仗打。"

李小兰就真的把饭当药一样吃,闭眼蹙眉,端一杯水,扬起脖子吞一口饭,赶紧喝水冲下去。可是不一会儿又哇地吐了出来。一段时间以后,好不容易呕吐减弱了,恶心感却更严重了。香烟味、油烟味、汽油味、化妆品香味、书本纸张味一概闻不得,闻了就恶心得直流酸水,一点食欲都没有。李小兰在图书馆工作,所以上班恶心,下班走在路上和回到家里都恶心。

赵胜天希望李小兰和别的孕妇一样嗜食异味,比如酸豆角、红泡椒之类。赵胜天厂里天南海北的人都有,家家都为他们夫妻大开绿灯:要什么风味小菜只管到泡菜坛子里捞。李小兰说不

烦恼人生

要，酸辣她全不想。好了。赵胜天正要偃旗息鼓了，李小兰忽儿极想吃赵胜天母亲做的臭腐乳。那是他俩谈恋爱时在赵家吃过的小菜，算来已是三年前的事了。孕妇就是怪，不想吃的东西连名字都怕听，一旦想吃什么就馋得控制不住自己。

赵胜天披星戴月赶回家。老太婆正在麻将桌边酣战。

"臭腐乳？没有。几年没做了。"她说，眼睛一刻没有离开麻将。

"赶快做一点好不好？"

"早忘记怎么做了。"老太婆冷笑着，眼睛还是盯在麻将上。

赵胜天哗地搅乱了一桌麻将，说："我求求你还不行吗？"

老太婆气得直拍桌子："看啦，这就是养儿子的下场！小杂种，厨房里有刀，去，拿来架在你老娘的颈子上，看老娘做不做？那婆娘做了我家媳妇，端了一口茶汤孝敬公婆了没有？倒要婆婆侍候她？小小干部的臭丫头，自以为是什么金枝玉叶，告诉她，她父母那处级干部不在老娘眼里！"

牌友们喊喊喳喳为赵家老太婆帮腔。

"滚出去！"赵胜天愤怒地驱赶母亲的牌友，"再不滚我就去找派出所来抓赌了。"

老太婆哭了起来。赵胜天的父亲过来帮助自己的妻子。五姐和五姐夫都从各自的房间出来参战，推推搡搡一片混乱。

赵胜天带着一脸的抓痕回到小家，李小兰一见就哭了。她从谈恋爱开初赵家如何巴结她开始一直诉说到她怀孕三个月赵家不闻不问，伤心得眼泪鼻涕混合交流。赵胜天劝她别这样，这样对胎儿不利，就只差没给她磕头。李小兰又掉头骂赵胜天。骂他没本事，老婆怀孕想吃点儿臭腐乳都吃不到。赵胜天一点回击的余地都没有，唯有忍辱负重。

睡到凌晨，李小兰醒了。她摇醒赵胜天，问他："你知道没有食欲是什么滋味吗？"

"知道。"

"不！"李小兰又哭喊起来，"你不知道！男人不可能知道！没有食欲就只想跳楼了！"

赵胜天想，是啊，我也只想跳楼呢！他妈的，这过的是什么日子！

李小兰内外交困。怀孕前，李小兰在全市图书馆系统还是小有名气的。区图书馆好多事得靠她办。凭个娇小轻盈的体态、时髦的装束、甜蜜蜜的娃娃脸蛋，她弄来了许多难得的藏书。她

烦恼人生

从资料室调办公室两年多,干的是公关小姐的活,深得领导的喜爱。平时她迟个到、退个早谁敢说句什么。怀孕的消息一传开,开始还没动静。一段时间以后,李小兰就被调回资料室了,理由说是照顾她的身体。一个叫叶烨的十八岁姑娘从借书处调到办公室,顶替了李小兰。

只要遇上叶烨,不管在哪儿,李小兰都要凑拢骂人一声"小婊子"。叶烨不敢向领导反映,怕事情闹大,背地里找了赵胜天,楚楚可怜地倾诉了自己的苦衷。赵胜天只好替李小兰赔礼道歉一番,答应叶烨一定慢慢开导李小兰,因为怀孕是个非常特殊的阶段,希望叶烨尽量容忍。

《怀孕指南》一书指出:孕妇在怀孕期间最重要的是必须保持精神愉快。赵胜天用红笔画了一道杠,在李小兰烦躁恼怒、大骂小婊子叶烨的时候让她看看这句话。第一次还有点镇静作用,往后就不行了。李小兰一把掀开书,说:"去他的精神愉快!"

李小兰瘦成了一根蒜苗,颧骨处出现了大片的棕色妊娠斑,腹部像营养不良的小孩一样膨胀着。她蓬着烫过细螺丝卷的头发,拖着脚步,活像个非洲饥民。

相比之下,赵胜天倒是运气来了。厂长委任他为厂技术革新小组副组长,让他辅助一个电子软件攻关项目的操作部分。赵胜天本来就是个爱动心思的鬼精灵,他花了一个月,真给攻下了关。他和工程师们给厂里节约了十几万,厂里发了他三百多块钱奖金。厂里突然发现,赵胜天不再是个毛头小伙牛仔哥了。当然啰,赵胜天不但结婚了,而且还要做爸爸了。厂里给他这个快做爸爸的可资信赖的人一趟重要公差,赵胜天又完成得不错。赵胜天心里挺受用。他这才觉出受重用非常有意思。

忙了家里工作又忙厂里工作,赵胜天以为自己会累瘦的。但是他没有瘦,他反而壮实了。以前的精瘦小伙子开始端起宽宽的肩膀了,脸庞也方正了,气色也前所未有地好。赵胜天知道自己胖得不是时候,便尽量用关切同情体贴和抢着做家务事来抚慰妻子,用十分想念胎儿的语气,捧着《育儿大全》,为李小兰大声诵读妊娠逐月中胎儿的生长特征。

赵胜天尽力而为了。作为一个怀孕妇女的丈夫,他的表现无疑属于优秀之列。但李小兰终于还是找了个借口冲他发火了。

她说:"我想把孩子引产算了。你的意见呢?"

"你别瞎说了。"

"我受不了了。你看我还像个人吗?太痛苦了!"

"我体会得到你的痛苦,他也是我的孩子呀。我们共渡难关吧。"

"你他妈红光满面肥头大耳与我共渡什么难关?赵胜天,你这个混蛋马大哈一肚子坏水。你花言巧语再也哄骗不了我了。我不给你怀孕!不给!"

"李小兰,你冷静点,你乱嚷些什么?"

"我要嚷!我要全世界都听见,老婆在怀孕受苦,男人他妈的倒趁机享受起来——"

"我享受了什么啊?"

"你享受什么我怎么知道啊!我被你蒙在鼓里啊!你自己去照照镜子,看看你是多么滋润啊!"

"李小兰李小兰!你再胡说八道我只好走了。"

"滚吧!人面兽心的狗东西!"

赵胜天一出门,李小兰便拼命推上门,哐当一声反锁了。

邻居出来了许多,三三两两站在走廊里。赵胜天生怕有人对他进行慰问或者劝解,便埋着头匆匆跑下了楼。面对李小兰的这种无理取闹,任何慰问都是空泛的。

这一夜赵胜天睡在车间里。他决定孩子出世之后就跟李小兰离婚。

6

早晨赵胜天用浓茶漱的口。没刷牙总是不习惯,到中午他还觉得自己口臭。下了班他不想回家,也不想吃饭,到街上买了一盒口香糖嚼着,顺路闲逛,又像一个无聊的单身汉了。

"嗨,赵胜天!"

赵胜天看见一个穿长裙的飘逸女子向他飘来。琼瑶小说中的某小姐来了。及至近了,才看清是洪丽丽。他们曾经好过一段时间,挨过嘴唇没动真格。还没发展到谈及嫁娶的地步,洪丽丽就在汉口璇宫饭店认识了一港商,义无反顾地跟人家去香港了。

"喂,小姐,被抛弃了?"

"得了,赵拐子。"洪丽丽一说话就粗口大嘴,就不像琼瑶作品中的人了。

洪丽丽妩媚地请赵胜天陪她坐坐,赵胜天说那就坐坐吧。洪丽丽将手腕套进赵胜天的胳膊,赵胜天没有闪开。他想起了李小兰,兀自有了报复的快意,对洪丽丽说:"你是我的复仇天使。"

"什么意思?"

"没意思。"

"还是老样子啊。太妙了。"

他们在一家个体音乐茶座坐了半个多小时。这家茶座名字叫"阴谋"。事后赵胜天觉得他们一起走进"阴谋"茶座真是再贴切不过了。

一落座洪丽丽就叼上了一支"摩尔"香烟,赵胜天掏烟的动作便凝固了。他口袋里的"红双喜"是香烟阶级里的贫下中农,无法匹配"摩尔",他不能出丑。

"赵拐子怎么不抽烟了?"

"戒了。"

洪丽丽乜斜眼角嘿嘿笑了。她吸了一口烟,半晌,咧开红唇,轻烟从里边袅袅升起。洪丽丽双眸闪亮,直射赵胜天。赵胜天想:被港商抛弃的女人又念旧了。

"跟我去海南吧,月薪八百元。"

"你说什么?"

"月薪八百,去海南。"

"如果我说不呢？"

"九百。"

"还是不呢？"

"一千块！奖金另发，生活费包干。别再讨价还价了，这是那一带保镖的最高待遇。"

乖乖！保镖！原来现在的社会有保镖了！

"你请我保谁的镖？"

"我。我需要你！"洪丽丽在桌面上抓住了赵胜天的手，一只钻戒在她无名指上寒光四射。"赵拐子，我需要你。我一个独身女子做生意太没人身保障了。有你的机智果敢，有你练过几下的拳头，我就不怕世界了。你听我说，我回武汉好几天了，你的情况我摸得一清二楚，你没有戒烟我也知道，也许你怀揣着一包'阿诗玛'，你拿不出手。"洪丽丽朝服务员做了个手势。服务员送上一包"健牌"香烟。洪丽丽说："抽吧，我请客。出去闯天下吧，别舍不得老婆孩子，眼光放开阔些。贫穷才是最可怕的。"

不是天方夜谭，是事实。洪丽丽看来是发财了。一千块的月薪多么诱人。赵胜天有些头晕目眩。早就想闯到沿海去了，每每总是临走又失去了自信。人家博士和研究生都在大街上摆小吃摊,一个技校毕业的电工去干什么?可机会就这么突然地来了。按照洪丽丽的说法,订个三年合同,只干三年就回来,就当他妈服了三年兵役。三年回来他就腰别三万多块钱了。

赵胜天说:"给我谈谈你的情况吧。"

"情况很好啊。"

"你做什么生意?"

"建筑材料。"

"嗬,洪丽丽小姐搬钢筋水泥油漆马赛克?"

洪丽丽文得细若游丝的弯眉蹙了蹙,说:"够了,赵胜天,我把丑话说在前头。今儿就到此为止,明天开始你要懂点规矩,不要过问老板的私事和生意,你只是一个保镖,尽保镖的职责就行了。"

一风吹尽香烟迷雾。赵胜天的脸一阵阵发热,他希望自己没涨红脖子。待洪丽丽说完,他吸足一口烟,对准她的粉脸噗地一口,在洪丽丽的咳嗽声中他吹了长长一声口哨。

"对不起。我离不开我亲爱的老婆孩子亲爱的破武汉。况且一只他妈的破鞋有什么镖可保!"

赵胜天虎虎站起身："算账。"

他口袋里有今天刚领的工资一百元。他夹出一张五十元的钞票扔到桌上。服务员追着他身后说有找头,他头也不回,说不找零了,算你的小费吧。让咱也穷抖他妈一次阔吧!

洪丽丽一声不吭地看着赵胜天出了店门,吊儿郎当地消失在阳光灿烂的大街上,她气得摔了一只烟灰缸。

赵胜天估计自己已经走出了洪丽丽的视线,他玩世不恭的面具再也挂不住了。他气呼呼地大口大口喘气,骂些脏话。等他大步流星奔回家时,站在门口他才发现自己不由自主回家了!昨晚他们夫妻吵架了不是吗?他一夜未回不是吗?今天他就这么轻易进去吗?

昨晚赵胜天走了之后,李小兰很快就平静了。平静了就有些后悔。她洗了脸梳了头,收拾好因吵架弄乱的房间,等待丈夫归来。方才她说了些多傻的话呀。可只有说了傻话,吼叫了,哭了,她才得以平静。怀孕把女人弄得像一个疯子,这一点应该写进《孕期指南》里去。深夜,就在李小兰快要入睡的时候,有人轻轻推了推她。李小兰惊醒了,房间没有人。但她肯定自己没有弄错，那人推的是她的肚子。难道是胎动？李小兰一下子睡意全消，她靠着床架半卧位，屏息静气地注视着自己的小腹。很久很久过去了，突然，肚子里边弹动了一下，一会儿，是个大动作的蹬踏，她的肚皮凸起一个小包块，随后又消失了。胎动！这肯定就是胎动了！李小兰觉得眼窝里热乎乎的，心窝里也是热乎乎的，却不是泪。眼窝里的热流流向心里，心窝里的热流流向小腹，流向那个挥脚舞手的小家伙，她和她的孩子沟通了！说出去也许没人会相信，关于孕妇的书一本也没提到过，但李小兰的感觉是如此地实在，那股热流仿佛是双向内凝视的眼睛，她看见她的孩子了。

母爱在李小兰怀孕进入四个月时喷薄而出。

第二天清晨，李小兰一起床就是一副容光焕发的样子。她心情如晴天般开朗，老想哼歌老想笑，恶心感消失得无影无踪，想起现在上市的红红西红柿绿绿小白菜心里就舒服。

李小兰换了身衣服，剪掉了乱支棱着的长发发梢，出门给单位打电话请了一天病假，去菜市场买了丈夫爱吃的带鱼和新鲜蔬菜。她一边做家务一边想，如果赵胜天生气不回家，她就去厂里找他。昨晚的吵闹已经是遥远的过去了，那时候李小兰多么幼稚多么傻瓜，一点委屈一点痛苦都受不了，那哪儿行呢。如果饭菜做好了，到下班时间了，赵胜天还没有回来，李小兰一定去接他，一定要把他高兴坏!

赵胜天正在自家门口踌躇不前，李小兰焕然一新，笑吟吟地出现了。

"你回来了。"李小兰柔声说，一副日本女人妁妁的模样。

赵胜天喉咙发紧，只呃呃了两声。他被女人的善变搅得稀里糊涂。

7

生活稍微顺利一点，时间就过得飞快。

第五个月时，赵胜天翻着书念诵道："胎儿头发已经生长，心脏发育完善，能在母腹上听到胎音。"

果然，用纺纱厂的一支空心竹筒子往李小兰肚皮上一按，就听得见里面"嘚嗒嘚嗒"的心跳了。

第六个月，赵胜天念诵道："所有脏器都已发育，已能呼吸。"

第七个月，赵胜天念诵道："皮肤上长满毳毛，皮下脂肪少,皮肤皱摺。如果此时出生,能啼哭与吞咽,但生活力弱。"

李小兰说:"是生命力弱吧?"

赵胜天说:"生活力。书上写得清清楚楚。"

"哦。"李小兰哦了一声就忙她的去了。

李小兰忽然变得非常像一个母亲,赵胜天反而有点无所适从。李小兰现在能吃能睡也能干活,体重增加了将近三十斤,大肚皮日大一日,顶得上半身呼吸困难,下半身静脉曲张,脚肿得只能穿赵胜天的拖鞋。只要稍有想象力的男人,看见李小兰这副模样,就不难体会孕妇的难受劲。赵胜天很愿意替妻子买菜、做饭、洗衣服等等,谁知李小兰却不要他帮忙。李小兰请教了许多妇女。现在她把做家务当作运动,锻炼体力。过来人的经验是越多跑路多干活,生孩子就越快越容易。李小兰的全部生活只有一个目的:为了未出世的孩子。

赵胜天十分敬佩妻子的毅力。胎儿不在他身上他的确有隔膜之感,老是记不住这个家里存在着第三个人,因此,他总有些愧意,总想为妻子做点什么。结果他能做的只有经常表扬李小兰和为她朗诵《孕期指南》,向她报告胎儿在母腹的成长进程。

这段时期的谈话也是玄而乎之钻迷宫。

"小赵,你想要男孩还是女孩?"

"随便。"

"怎么能够随便?说实话吧。"

"那我只能瞎说一气。"

"我问你喜欢男孩子还是女孩子?"

"真的随便。"

"随便就是男孩。"

"好吧男孩。"

"就是嘛。男人都想要男孩,重男轻女,好在外边吹牛——嗨,我儿子!"

要不就是反复讨论取名的问题。

"小赵,你说男孩取什么名?"

"小赵,你说女孩取什么名?"

"你说单名好还是双名好?"

赵胜天无法应付李小兰的种种提问。他什么也没看见,不知道在谈论谁。

赵家父母倒是想男孩想得要命,眼看李小兰肚皮尖尖地拱起，像个生男孩的形状，赵家老太婆就做了臭腐乳让赵胜珠送来了。又做了不少男孩子的衣服。赵胜才也写来信，说最近他请一个相当有名的澳门算命先生为赵家算了命，他本人是财路子路不可两全，财路断了子路。老二老三老四也都是命中无子。但赵家香火不会断，万亩地里总会有一棵苗。这不是应在老幺身上是什么？只要老幺生了儿子，他赵胜才给一万块的营养费。

悬赏来了。

赵胜天觉得大家全在做游戏，他始终都参与不进去。

李小兰的事情可就太多了。她一点儿都不像赵胜天那样迷迷糊糊茫然不知所措。她清醒地知道该做哪些事情并且做得有条不紊。

李小兰清理出他们两人穿旧的棉毛衣裤一件件拆了，洗干净了，在太阳下猛晒一通当作紫外线消毒，然后剪成一块块婴儿尿布。

李小兰买了一大堆膨体纱，陆陆续续织了七八套婴儿外套。

赵胜天的工厂每月发放一双白棉纱手套以供工作使用，李小兰统统把它们收集起来，还嫌不够，还让丈夫找其他师傅讨要了许多。李小兰拆开一双双棉纱手套，用它们织成贴身穿的婴儿小背心、小衣裤。

"膨体纱比毛线好洗，当外套穿；棉纱是全棉的，又暖和又不毛刺人，最适合婴儿的娇嫩皮肤。"李小兰十分内行地告诉赵胜天。

《孕期指南》和《育儿大全》上全都没有这些内容，李小兰是从哪儿学来的经验呢？再说她怎么知道未出世婴儿的身体尺寸呢？如果说以上这些还可以从别的母亲那儿学来，另外还有些事情可就足以证明李小兰的求实和创造精神。

李小兰买了一打橡皮奶头。其中十个用大小不等的缝衣针烧红了逐一戳洞。她解释说这是给孩子喝果汁用的。最小的孔眼是头一个月用的，以后逐渐换大孔眼。另外两个用小剪刀剪了小口子，这是准备喂药用的。

"我们孩子不会生病的。"李小兰说，"我越是为他准备吃药他越是没病。有备无患嘛。"

赵胜天想告诉她"有备无患"这个成语不是越准备吃药就越不生病的意思，但是看她拖个大肚子吭哧吭哧地忙碌劲，就不忍心去纠正了。

婴儿一出世就会吃喝拉撒。准备了这还要准备那。李小兰每天上一趟街，不厌其烦地逛商店，大包小包的东西往家拎。什么芙蓉牌卷筒卫生纸、广口塑料便盆。彩色摇铃也都买回来了。赵胜天认为婴儿用玩具还嫌太早，而且以后肯定会有亲朋好友送一大堆小玩具，说不定就重复了。李小兰胸有成竹地反驳他说将来肯定不会重复的。送礼物的人首先得考虑礼物是否拿得出手，谁会买一块二毛钱的摇铃呢？未免太小气了吧。并且彩色摇铃不是给婴儿玩的，是吊在摇床上方给婴儿看和听的。婴儿一出世就应该让他看到一个鲜艳的世界，一个充满悦耳声音的世界。

赵胜天只能惊叹怀孕实在太能够改变女人。大大咧咧的娇里娇气的李小兰变成了一个脚踏实地过日子的小妇人，这是从前的赵胜天梦寐以求而没求到的。

通常是由赵胜天朗诵《孕期指南》和《育儿大全》。几个月里朗诵的次数像天上的星星一样数不清，而真正记住内容的是李小兰。

从第八个月开始，李小兰每天用温肥皂水擦洗乳头，洗完之后涂上一层香脂油，以防哺乳期发生乳头皲裂。她那莲蓬般的少女小乳房胀得大圆面包似的，乳头便内陷了，她每天晚上一得空就轻轻向外牵拉,非常有耐心有节奏地牵拉,活像一个负责的操作工人。最后两个月,李小兰让赵胜天另外铺了一张行军床。有几次半夜里,赵胜天试图爬上大床,李小兰马上拧亮电灯,从枕头底下抽出《孕期指南》,请赵胜天读读第十五页顺数第五行。

赵胜天便只好朗诵:"妊娠初三个月及末两个月禁止性交,以防流产早产。"

李小兰此时便爱莫能助地看着丈夫,赵胜天当然只得偃旗息鼓,回到行军床上去。

李小兰这时候才发现自己挺爱书本的。她的接受力和活学活用能力都很强。如果现在让她念高中,她肯定可以考上大学。李小兰真是后悔当初没有好好学习。人们常说后悔来不及了,后悔来不及了,如今自己体会出来竟是满口苦涩。真的她不可能再念高中了。

8

预产期到了,所有的人都紧张和兴奋起来。

连车间主任都破例给了赵胜天几天休假,说:"回家生孩子去吧。"

烦恼人生

　　头一天晚上,李小兰出了一点血,只限于红了裤头,没有发生别的情况。半夜里夫妻俩研究了好久,还是拿不准这是否是要生孩子的预兆。赵胜天整整一夜都没睡安稳,生怕李小兰有个什么突变。结果李小兰一夜安睡,单单苦了赵胜天一个人。次日清早,李小兰说肚子似乎有一点痛。赵胜天赶紧翻书,可书上没说痛,只是说有"宫缩"。

　　"小李,你觉得有宫缩吗?"

　　"我只觉得有点痛。"

　　"是要生了的那种痛吗?"

　　"我不知道。我又没有生过。就是和平时累了一样坠坠的痛。"

　　和平时一样?这么说是否还不到分娩的时刻?

　　小两口都无法确定李小兰是不是要生孩子了,什么身体指征标志着生孩子的真正开始?他们坐立不安地在十五平方米的小家里踱来踱去,等待那个时刻的到来。

　　早上,五姐夫奉命来打探了一下。四嫂也趁上班顺路拐进来看了看,阴阳怪气地说:"老太婆盼你早生贵子呢。"五姐在学生吃课间餐时来了一趟。快吃午饭的时候,赵胜天的母亲来了。这老太婆装出忘性很大的样子，热情得好像她们婆媳之间从来没有嫌隙，好婆婆一般摸着李小兰的肩问："肚子坠下去了没有？"

李小兰让老太婆碰了一鼻子灰："不知道。"

李小兰的母亲也来了。她说她是从一个会议上请假来的，今天上午李小兰的父亲已经和她通两次话了，李小兰的姐姐也从广州来了直拨长途问兰兰生了没有，大家都很关心兰兰啊！

"妈妈，什么是要生了？"李小兰问。

"傻姑娘，肚子痛呗。"

赵家老太婆插嘴道："要看肚子往下坠了没有。我记得一坠就生下来了。"说完就一个劲地笑。

李小兰的母亲很专业地为女儿解释说："她说的是入盆，你这种状态我看已经入盆了。不过初产妇入盆三天不发作的多的是，和生产多次的人不一样的。"

赵胜天、李小兰对望一眼，他们更糊涂了。

下了班的赵胜珠、四嫂都来了，房间顿时人满为患。

赵胜天、李小兰向左邻右舍借了几个饭盒去食堂打饭。每个饭盒里一律三两米饭和一个糖醋排骨。没有酒，赵家老太婆不知道怎么就醉了。她说她今天麻将都打不下去了,专门来看儿子生个什么。若是生了个男孩,她这辈子就算和牌了。李小兰母亲一听就寒了脸。赵胜珠赶紧拉走了自己的母亲,四嫂就忙着劝李小兰妈妈。

"您别生气,老太婆就是这么个人,拿武汉话说:'筲箕圈、六点钟——半转;藕灌进了稀泥巴——糊了心眼。'您就别跟她计较了。当年我生女儿她不高兴,我结实地骂了她两次,她也就服了。生女儿怎样?新社会了,男女都一样。哪个敢轻视人!不过小李的肚子形状,看上去的确是个儿子相哦。"

人们离开以后,李小兰妈妈警告女儿:"你四嫂这个人可不好惹啊。你要真的生了个儿子,她不会给你好颜色的。"

"管他们呢。"

哪来这么多事啊!小两口已经够烦的了。

大家等了一天,李小兰这里风平浪静。晚上,小两口都觉得累,便早早上床休息。睡了一会儿,李小兰被疼痛惊醒了,想观察观察,疼痛马上又过去了,她以为是今天太累所致,于是又去睡觉。等到李小兰再度痛醒,局面已经变得不可收拾:早破水了。

赵胜天万万没想到会有这么多水。从哪儿来的这么多水？婴儿在哪里？李小兰蜷缩在浸湿的床单里又痛又怕呜呜直哭，她也不知道自己下身的水从何来。她什么也不知道，她吓蒙了。

到底赵胜天是男人，虽然手忙脚乱，还是当机立断把李小兰送到了医院。

《孕期指南》上说，生孩子是瓜熟蒂落，产妇用不着紧张。子宫有节律地收缩，孩子就生产出来。科学书籍的报喜不报忧使李小兰非常气愤。这样导致了她心理准备不足，疼痛就显得更加凶猛。原来子宫有节律地收缩就是肚子痛啊！尽管李小兰早就听说生孩子会疼，可既然是瓜熟蒂落，怎么可能会疼得死去活来呢？

"杀了我吧！"李小兰在待产室绝命地嘶叫。

一切都顾不上了。这里哪有什么女人？哪有什么羞耻？进来的都是生育机器。司空见惯的医护人员对痛不欲生的惨叫充耳不闻，她们用熟练工种的职业表情操作一台台生育机器。扒下她们的裤子，量骨盆，摸宫口，剃阴毛……这些动作都令人胆战心惊，疼上加疼。

"求求你们……杀了我!"

李小兰听见自己变了调的声音在空中飘浮冲撞。体内的什么东西在撕裂,汗水把她浮了起来,枕头被她抓破了,她并不真想死,但此时此刻她宁愿一死了之。

一个护士在她牙齿之间塞进一块消毒纱布,说:"乱叫什么!乱叫什么!怕疼就不和男人睡觉嘛。"

践踏吧,随你们的便。

疼痛是无边的苦海,李小兰在水深火热的波峰浪谷里被抛来抛去。一阵紧似一阵的剧痛无法减轻,无法逃避,即便想叛变也停止不了这酷刑。只有硬熬。哦,女人的地狱!十二个小时的疼痛把一条条细微的皱纹刻上了李小兰的脸庞。她晕过去了几次又醒了过来。是她自己醒的。当死亡真的来临时,她又赶走了它。不!她叫道:"孩子,我要孩子!"

宫口开全,李小兰被送到了产房。医生倒是个过来人模样,她给了李小兰一个微笑:"来,我们开始生孩子。"

李小兰明白最后的关头到了,她抓住了把手,脚蹬住了产床的脚蹬。

"用劲!像大便一样往下用劲!"医生说。

"不行。这个样子我无法大便!"

医生说:"不是真的要你大便,是你必须真的像大便那样用劲!"

"我没劲了。"

医生严厉命令:"不行!你得用劲!"

不行!不行!不行!你想不疼不行。你想不大便也不行!你没劲了更不行!你得用劲,用你的生命之全部力气!只要你活着,你就得把生命化作力量!女人,你没有选择!在生孩子的这个时刻里,女人没有任何选择,女人必须做到你做不到的事情!

"我实在没劲了,大夫。"

医生在紧要时刻念了咒语:"你的孩子来了!"

李小兰的身体立刻做出了反应,她身体的关键部位突然用劲了。

医生紧接着说:"孩子的头出来了!快,再用一点点劲就成了!"

孩子孩子孩子!李小兰的脑袋歪斜垂挂,头发湿透了,眼睛也睁不开了,几乎就是一个死人,然而她的身体,在医生的鼓励之下,居然拼命地用力,她拼出了最后的气力。

孩子分娩出来了！

李小兰忽然感到了一种难以名状的轻松，这轻松令她骤然地起死回生。她眼前出现了一个胖乎乎粉色的肉团，她是这么小巧的一个女娃娃，蹬手蹬脚地哇啊哇啊哭起来。

"你的女儿好漂亮啊！"接生的医生赞叹。

"谢谢！"李小兰的谢意发自内心。医生，你是否知道她在此之前还从来没有如此诚挚地谢过任何人呢。

没有疼痛就是幸福的！没有疼痛是多么幸福啊！李小兰幸福地睁开眼睛，发现自己正被护士缓缓推出产房。走廊里阳光明丽，正是早上的好时光。这时候，一个名字跳了出来：朝阳。照亮她，温暖她，把她从苦海里拯救出来的，第一个见到成为母亲的她的是朝阳。我的朝阳。

李小兰和丈夫曾经翻旧了一本《新华字典》，取了十个单名，十个双名；十个女孩的名，十个男孩的名。一瞬间，四十个名字全失去了意义。李小兰的女儿就是她的朝阳！十二个多小时以来，李小兰首次想到了丈夫。她希望赵胜天赞成这个名字，理解这个名字，喜欢这个名字。

一个护士拉开玻璃门,外面走廊的所有男人同时站了起来。

"赵胜天。"

"是我。"赵胜天的心狂跳,可别有什么啊!

"你爱人生了。"

"都——平安无事吗?"

"都挺好。"

赵胜天吁出一口长气,胜利者一样举了举双臂。

"请问护士,生了个什么?"

"一个非常漂亮的千金。"

"真的非常漂亮?"

"真的。"

其他男人噢了一声复又坐下。赵胜天又蹦又跳哈哈地乐了。

赵胜天在这里守候了一整夜。李小兰和其他产妇的叫喊使他深受震动和教育。好几次他想闯进去都被护士挡住了,他想去帮帮妻子。设身处地地想,他认为一般男人绝对经受不住这种剧痛。女人真是不容易,人类诞生真是不容易啊!

十二个小时对赵胜天来说也很漫长,他逻辑混乱地想到了许多事情。他想到了从前见过的有先天缺陷的小孩子,他害怕极了；他想到有许多女人因为生孩子死掉了，更是害怕。保佑我们吧！他暗暗祈祷着。他从来不信仰什么，不知要谁保佑他们。赵胜天想到了自己的母亲，对她生出了真切的血肉亲情。他为自己粗暴地掀了她的麻将而内疚不已，他决定再不这样对待她了。他想到自己在公共汽车上从来不给孕妇和抱小孩的乘客让座，多不懂事啊！他还想到做学生时欺侮同学曹小兵，老是追击他，一边追一边喊："羞羞羞，曹小兵的妈妈生娃哭。"这不是太幼稚可笑了吗？如果日后再遇上曹小兵，记住，一定对他道个歉。

9

赵家老太婆大清早就赶到医院，听说媳妇生了个女孩就有点受不住了。五姐四嫂一边一个还搀不住，她一屁股坍塌在妇产科门口的楼梯上，两只手背不停地抹泪。赵胜天真不理解香火是个什么玩意儿。老太婆自己生有五男一女，最后单单留了女儿在身边，明显是偏爱女儿，可又不许儿子们生女儿。

上楼下楼的人都会看一眼伤心的老太婆，赵胜天觉得很丢脸，他用力扶起母亲，说："走吧，回家休息去吧，别在这里掉底子了。"

赵胜天搀扶母亲的举动使他们家的三个女人都大吃一惊：一夜之间，这小子居然懂事了。

四嫂自告奋勇，把一罐老母鸡汤送进病房，对李小兰嘘寒问暖，情意倍增并转达了大嫂二嫂三嫂的问候，说她们待会儿都要来看她的。一律生育了女孩子的几个妯娌马上结成了同盟军。

李小兰的妈妈来电话问了母子平安。说："好，其实女孩子就是好。"

赵胜天心想我又没说不好。李家妈妈问李小兰有吃的没有？赵胜天学会一点做人手段了，他答："有。我妈送来了鸡汤。"李家妈妈满意了。她说如果兰兰生了男孩倒无所谓，生了女孩子她就要看看赵家老太婆的态度了。现在什么时代了，她还重男轻女？

一般婴儿室是不让家长进去的。赵胜天不在乎这个。在他这辈年轻人眼中，没有禁区，也没有关卡门卫，只要他想去就会不择手段。赵胜天买了一包高级糖果，到婴儿室门口转了两转就打通了关节。

婴儿室有六十多个婴儿，全包在一色的襁褓里。护士调皮地同赵胜天开玩笑，说："不许翻牌子看，找你认为最漂亮的毛毛。"

赵胜天只走了几步，便停在一个小床边。这个婴儿头发最浓黑，皮肤最粉白，双眼皮的痕迹是这么清晰，小红嘴唇是这么饱满。更重要的是赵胜天对这张精致的小脸有一种似曾相识的感觉。

"是她。"他肯定地说。

赵胜天和他刚出世的女儿面对面了。他的女儿八斤重，五十厘米长，皮肤上一点儿胎脂都没有，真正的美玉一般毫无瑕疵。他竟然能创造这样的奇迹，啊！

他试探着用手指轻轻挨了挨婴儿的脸颊，婴儿立刻有所反应，她那薄如蝉翼的眼皮动了起来。

"她笑啦！"他小声说。

一旁的护士提醒他："她还不会笑，她才出世三小时。"

赵胜天俯下身亲了亲女儿，挨上女儿那细嫩温热的皮肤，从来不流泪的大小伙子眼睛潮了。因为有护士在场，赵胜天竭力把泪水眨了回去。我是爸爸了！这个水灵灵的漂亮小东西就是我女儿。我已经亲过她了。一切都是实实在在摸得着的了。李小兰怀孕十月，不管他们为胎儿做什么，也不管《孕期指南》白纸黑字证据凿凿，赵胜天始终都有滑稽之感。他的种种举动和表现，与其说是父爱，倒不如说是人道主义。他是从道义上在支持李小兰。这下子不啦，赵胜天亲眼看见自己的女儿了。他想紧紧抱住她，紧紧地亲吻她，他想牵着她的小手带她上公园去，他想教她游泳，教她骑自行车，还想她一泡热尿湿透他的裤子，还想听她咯咯咯地笑，叫"爸爸爸爸"，我的小宝贝啊！

赵胜天恋恋不舍地被护士推出婴儿室，他频频回头和女儿道别：再见，我的小宝贝，三天之后我们一块儿回家一块儿生活再也不分离。你真是一个漂亮的小宝贝啊！

赵胜天和李小兰仿佛一番劫难又重逢，夫妻间的情义厚重了好几分。赵胜天喂李小兰吃东西，李小兰贴着赵胜天耳朵说话。当着病房所有人毫不掩饰地手握着手互相凝视。

赵胜天说："小李，你真了不起！这么小的个子，生了八斤重的毛毛，还生得那么漂亮！"

李小兰说："我想我有点说话不算话，没给你生儿子。"

"我要儿子干吗！我就要她。"

"可惜只能生一个。"

烦恼人生

"生一个够了。"

"可是我真想身后跟一串漂亮孩子。"

"那你自己生吧。"

小两口笑眯眯地昵声细语。但这种气氛并不意味着他们的分歧争吵就此绝迹,事实上不一会儿冲突就发生了。

"小赵,女儿叫朝阳吧?"

李小兰叙述了叫朝阳的意义。赵胜天听完却不为所动。

"可我觉得不如叫贝贝。她真是一个小宝贝啊!"

"满街都是贝贝,多没意思。"

"也有许多人叫朝阳。我技校同学就有个王朝阳。而且赵朝阳叫起来拗口。"

"拗口才印象深啊。女儿跟我姓,叫李朝阳也可以嘛。"

"不。她姓赵!你就不觉得她是个真正的小宝贝吗?"

"是小宝贝也用不着叫贝贝呀。"

"你真烦人!"

李小兰扭过头不肯喝鸡汤了,赵胜天也不睬李小兰了。病友中有人劝了:说男同志大度一些嘛。名字不过是个符号,叫什么不都是个人。月子里女人生不得气,当心不出奶水。不出奶水的吓唬真的把赵胜天吓住了，如果李小兰不出奶水他女儿吃什么？

"好吧。叫赵朝阳吧。"赵胜天妥协了。

第二天早晨，李小兰告诉查房医生，说她的乳房胀痛。

医生说："奶水来了，挤吧。你爱人劲大，让他挤。"

大庭广众之下，赵胜天缩手缩脚不太好意思。

"挤呀。"李小兰说。她大大方方。她已是过来之人了。

赵胜天弄了半天也挤不出奶，李小兰帮忙也不行，他们没想到人生还有这么多的新课题。

医生过来，大咧咧敞开李小兰的胸脯，两手捧住她的乳房，轻轻揉揉，然后猛地一挤，李小兰疼得大抽一口冷气，奶汁喷射出来了！来不及躲闪的赵胜天被喷了一脸的奶水。病友中又有人指点了："快吃奶，快吮！替小孩吮空它，奶是越吃越有，不吃空，奶水积在里面就容易得乳腺炎啦。"

李小兰说："来吧。"

赵胜天再厚的脸皮也顶不住害臊了。无论如何他也不会当众伏在李小兰怀里吃奶。这算什么呀！李小兰怎么来的这种大无畏风度啊？

事后李小兰告诉赵胜天一句话,这是她的人生经验之谈。

她说:"连孩子都生了,一个女人还怕什么!"

赵胜天在医院照料了妻子三天,深深感到了自己的浅薄。他不懂的事情太多了。人间的奇迹也太多了。出世才一天的女儿居然含住奶头就会吃奶,谁教她的呢?婴儿一到李小兰怀里,李小兰的乳房就会自动喷射出奶水——他一直以为奶水是流出来的,没想到是喷射。难怪西方油画中圣母的乳房里放射出星星,画家说这是银河的起源。当年赵胜天和哥们儿看画展时还大笑,说狗日的画家真会夸张。看来缺乏阅历的年轻人真是不能穷狂啊!

女儿,爸爸准备和你一块儿开始学习生活了。

10

按照武汉市的风俗习惯,媳妇应该在婆婆家坐月子。出院那天,赵胜珠来了,她说妈妈腰椎疼痛又发作了,而且家里又请了木匠正在修理家具,妈妈问赵胜天是不是可以先把媳妇和孙女接回他们自己的宿舍再说?李小兰冷若冰霜,根本不拿正眼看赵胜珠。赵胜天是不可能再和母亲计较了,他的老婆孩子,他当然可以接回自己的家,在自己小家庭里可以日夜相伴漂亮的女儿和妻子，赵胜天认为这是他的福气。赵胜珠倒也识趣，马上把话题转到婴儿身上，夸奖了几句就走了。

赵胜天踩一辆三轮车把妻子女儿接回了他们的小家。

自从踏进家门的那一刻起，赵胜天就不再认为自己是个有福气的人了。过去他一贯饭来张口，衣来伸手，脱鞋就用脚一蹬一甩。现在他必须照顾两个人，并且两个人都需要特殊的照顾。

赵胜天换了干净的床单被子，先让妻子躺下。又在妻子身边铺了一套小小的铺盖，再让女儿躺下。所有日常用品赵胜天都记不出所在方位，只好李小兰动口他动手。

"大抽屉第二个拿一张棉尿布。"

赵胜天拿一张棉尿布。

"床头柜小抽屉第一个拿小枕头。"

赵胜天弯腰打开小抽屉拿小枕头。

正忙着，他们听见褓褓里扑哧一声，婴儿大便了。

从中抽屉第一格取出一摞单尿布，找出婴儿专用的小毛巾，解开褓褓给婴儿换换，不行，糊得太脏，得洗屁股，女婴容易尿路感染。但是水瓶里没热水。放下一切去烧热水，烧热水还得先升燃煤球炉子。这边婴儿"咕啊咕啊"地哭了,小肚皮露出来了,赶快过来给她盖好,可别凉着了她,赵胜天团团乱转。李小兰想帮帮丈夫,一下床就捂住额头拉住床架,她失重了。突然去掉几十斤重量,她身体飘飘地头晕目眩走不稳路,下面的血也呼噜一下涌出来,睡裤上开了一朵灿烂的大血花。你快躺下!我来!我来!赵胜天叫道。原来人就是这样被逼上梁山的啊!

赵胜天笨手笨脚给女儿洗了屁股,换了干净尿布,包进了褟裸里。他捧着八斤重的小肉团提心吊胆,生怕碰坏了弄疼了,生怕她滑落到地上。他紧张得出了一身大汗,结果褟裸不到一分钟就松散了。

"你得学会打包。"李小兰说,"我也要学。"

夫妻俩要学的东西比他们想象的多得多。

母女俩换下了一大堆脏衣物。有脏了的床单被套衣裤,有屎布尿布,有棉尿布,有染了血的内裤,赵胜天得学着将它们分门别类,用不同的方法洗涤。比如屎布首先要用刷子,刷干净了再洗,洗了第一遍之后要用开水烫烫;有血迹的织物要用凉水浸泡,十分钟左右再用手搓。赵胜天潜心洗衣服,却把吃饭时间给忘记了,产妇可是饿不得,饿了奶水就不充沛。李小兰一天吃五餐，以汤汤水水为主。赵胜天除了学会杀鸡剖鱼和烹调它们之外，时间安排也是个大学问呢。

关于坐月子的说法，《妇女保健手册》一书与民间大相径庭。

书上说因分娩过程中的消耗，机体抵抗力降低，又有喂养新生儿的任务，因此妇女产褥期适当的护理与休息极为重要。

民间则众说纷纭。总而言之：坐月子坐月子，就是要在床上睡三十天到四十五天。三十天为小月子，四十五天为大月子。产妇从怀孕到生产，全身筋骨松懈了，元气大伤；若不养好，落下月子病，那什么药也治不了，一辈子筋骨疼痛，女人就算是个病痨鬼了。

赵胜天和李小兰分析，他们认为前者太抽象，后者又太危言耸听。中和一下不会有错。那么这个月子李小兰也不必睡一个月不起床，也不可掉以轻心过多做家务，觉得主要任务是哺乳婴儿和休养生息，至多清理清理尿布，抱抱孩子。赵胜天则需操持全面家务。全面。开门六件事情与伺候月子结合起来，事无巨细，一一经手。啊！爸爸可真是不那么好当的。

烦恼人生

当了爸爸,抚养小的一代人,他责无旁贷。但老的一辈人也冲他来了。赵胜天是当家人了,再忙也得接待来宾了。

李小兰的父母看外孙来了。他们送来了两只活鸡、十斤排骨、一大包婴儿用品。赵胜天真心实意地感谢岳父岳母,但希望他们少坐一会儿,还有许多事情等着他做呢。

岳父岳母却不离去,反复观察熟睡的外孙女。

"嗯,长得不错。"

岳母说:"小赵哇,你爸爸说你们把孩子养得很好。"

赵胜天倒了两杯茶送到岳父岳母手中,应道:"是啊不错。"

"兰兰,你一天吃几餐?"

李小兰躺在床上说:"五餐。"

"都吃些什么?"

"哎呀管得宽,你们又不愿意照料我,问什么。"

岳父说:"小赵,你看兰兰怎么能这样和她妈说话。"

李小兰说了声:"我就这样,你们和小赵说吧。"她转过身睡觉去了。

月婆子任何时候想要睡觉都是天经地义无可指责的。李小兰的妈妈转而让赵胜天谈谈怎么安排的一日五餐,并提出了许多指导性意见。

岳父也插话进来,谈了迫在眉睫的几个问题:一个没有经验的男人怎么可能照料月子?赵胜天并没有产假,过几天赵胜天上班了妻子女儿怎么办?一个月以后兰兰产假满了朝阳谁管?

的确都是问题!赵胜天摊开两手苦笑一声:"的确。"

李小兰的妈妈义正词严地提出:"小赵,你应该和你们家商量一下。你妈是个家庭妇女,她有时间也有责任。你们家不是很懂武汉市的规矩的吗?"

我也许应该拿绳子去把母亲绑来。赵胜天说:"你们放心,我当然要去商量。"他的女儿已经第三次换尿布了。炉子上的汤也熬烂了。眼见太阳偏西,如果尿布不及时晾出去明天用什么?

岳父岳母还怕赵胜天责任心不够强,压力不够大,临走时再三说:我们把女儿外孙女交给你了!有什么差错我们可不依啊!

赵胜天愁眉苦脸,可礼貌又不得忽视。"谢谢!"他说,"谢谢你们的信任。"

赵胜天的父母也来看望孙女了。

李小兰闻声一个大翻身,又把背后的一切难题留给了赵胜天。

烦恼人生

"劳驾你们,你们请回。"赵胜天对他父母说。

"小杂种儿子,谁来看你不成?"老太婆推开儿子。

两个老人抱起孙女,啧啧连声,惊惊咋咋演了一出喜剧。

"啧啧啧,老头子,你看我这孙女像七仙姑下凡不?"

"神了!活是神仙下凡了。"

"得了这样的女儿那还有什么话说,做老子的累死也心甘。"

"我幺小子这狗杂种硬是有福气。好好好!胜天,还不给老子倒杯茶来。"

赵胜天给父亲倒了一杯茶,说:"喝了走路吧,我要干活。"

老太婆说:"个犟死一条牛的小杂种,还怄气哩。"

老太婆拿出三百块钱塞进婴儿的襁褓,打个哈哈,说:"我有病照顾不了我的孙女儿,望你们体恤父母。这就算月子里买了补品给母女俩补身子了。"

李小兰倏地翻身下床,掏出襁褓里的钱甩到婆婆怀里。

"别弄脏了我女儿。我们不需要钱。"李小兰说罢,冷着脸子又回到了床上,一个背脊对人。

两个老人尴尬着不知所措,赵胜天一手拉起一个将他们送走了。

老太婆边走边嘀咕："我作了什么孽？娶这样不懂事的媳妇？"

老头子说："胜天你要还是我的儿子，就得管教管教你婆娘。我的儿子你从前是多神气的小伙子，哪次打架服过输？"

赵胜天给他父母双手作揖："你们就别给我添麻烦了好不好？劳驾！"

李小兰所在单位派代表看望来了。

赵胜天厂里工会也派人看望来了。

亲朋好友也都贺喜来了。

李小兰总是可以躺着和坐在床上，朝阳总是在她的襁褓里，母女俩想说话就说两句，想哭随时可以哭，没有人会怪罪她们。但赵胜天就得不停地让座，倒水，洗杯子，泡茶，再倒水，拿糖果请客人吃，客人走了打扫卫生。嘿，这就是做了爸爸。

11

朝阳晚上老是哭啊哭。赵胜天、李小兰轮流起来抱着哄她。耸啊摇啊不停地走动啊哼催眠曲啊，怎么都不行。朝阳哭得面皮嘴唇都发紫了，一哭就呕吐，吐掉满肚子的奶，直至吐出黄水。

女儿哭,妈妈也跟着哭。李小兰一宵宵彻夜难眠,怀抱婴儿,贴着婴儿的小脑袋,泪水一串串直滚。

赵胜天急得没办法,依邻居老太太的建议,外出张贴了一百份"天皇皇"。老太太说朝阳是吵百日的孩子,这种孩子要哭到一百天才不哭。只有贴"天皇皇"才有点效果。他们几曾相信过封建迷信老太太来着?没治了。宁可信其有吧。

厂宿舍、食堂门口及马路边的电线杆子上到处都是赵胜天红纸黑字蹩脚的手笔:

天皇皇,

地皇皇,

我家有个哭夜郎,

过往君子念一遍,

一觉睡到大天光。

他还具有当代歌星的风度,在末后加了两个字:谢谢!

也不知道过路人是否念赵胜天的咒语,朝阳却还是哭。

最后痛下决心:去医院!

没满月的母亲头上戴了帽子裹了围巾抱着没满月的婴儿上医院了。赵胜天要李小兰别出门吹了秋天的风,她不干,说既然她可怜的孩子没满月就出了门,她又怕什么。

医院的检查结果是:婴儿缺钙。

医院给了钙粉,给婴儿注射了一支维生素D3。

平日里只看到阳光明媚,满大街都是快乐的孩子。谁知道孩子原来是这么不好养!

朝阳出生第四天就发现了患了鹅口疮,第七天打开肚脐一看,感染化脓了,十五天时沤烂了屁股,二十天时出现满脸小红点,诊断是婴儿湿疹。《育儿大全》上所写的第一个月新生儿容易得的疾病,朝阳全得了。赵胜天一次次跑到厂医务室请医生来给女儿看病。赔尽了笑脸说尽了好话。医生都为赵胜天的精神所感动了,说那个吊儿郎当的赵胜天一点都不吊了。

你没法吊哇,你吊人家不买你的账。你生活在人群中,你不可能万事不求人。这就是生活的辩证法。不管你是谁,无情的辩证法迟早要你认识它。

赵胜天、李小兰想生孩子就生吗?不!

你们承认自己的孩子社会就承认吗?不!

还有一整套程序要进行,否则,你的孩子就是一个"黑人"。

在李小兰怀孕后,单位女工委员就告诉她得申请生育指标。

烦恼人生

李小兰被早孕折磨得心烦意乱，萎靡不振，哪顾得上写什么申请。女工委员就给赵胜天打电话，说你爱人好不懂道理，我们单位没权生孩子，不申请指标就得打胎。

赵胜天说别提打胎吧，我来写申请。

赵胜天写了申请报告交给单位，拿着单位介绍信到街道办事处计划生育办公室。计生办研究以后发给他一张油印的纸片，上面印着准许一个生育名额云云，盖了办事处鲜红的大章。赵胜天这才认识到街道办不可小看，人家可是一级政府机构，操有人的生死别离大权。过去他竟以为它不过是一群婆婆妈妈混在一块管闲事呢。

有了生育名额就去市计划生育委员会，委员会收去名额，发一份三联卡。卡片粉红底烫金字，写着：祝您全家幸福，母婴健康。还有一个大喜字。编号：四五七八。

凭这张卡片的指引，再去妇幼保健所，交五块钱，发一个小红本，名叫"武汉市孕产妇围产期保健手册"，封面用黑字提醒领册人：妥为保管，不得遗失，每次就诊，必带此册。工作人员还口头交代赵胜天：生孩子也一定带上，产后四十二天访视就凭这本本，孩子申报户口也要这本本。

从此，赵胜天、李小兰就把这小本本放在粮油票证一块，以便每月都看到它。孩子没出世，赵胜天已经在武汉市跑了几圈了。

现在该跑女儿出世后的一系列证明，为她争取各种合法权益。

赵胜天给女儿去上户口，头一天的办事员翻看保健手册卡片等等，她说："我讨厌这一大堆东西，我只要出生证。"第二天，赵胜天送去了孩子的出生证，可办事员换了一个人，他的观点不同。"出生证人人都有，我要检查由政府机构发放的生育卡片。"

李小兰说赵胜天傻："不知道把所有的证件全带上吗？"

第三次赵胜天拎了个手包，装上了所有证件。就在办事员动手填户口时，停笔问了句："你办了独生子女证吗？"

"没有。"

"那去办了再来上户口。"

赵胜天火了。他发脾气道："你们这是干什么！谁也没告诉我要办什么独生子女证！在什么地方什么机构办？我只知道我女儿出生了，是这个城市的居民了，她应该上户口！本来就应该上!"

办事员"嗤"地冷笑了一下,拉过一份《武汉晚报》看起来。赵胜天想动手。一个上了年纪的老办事员拉住了赵胜天,劝道:"我们也是照章办事啊。年轻人你可别鲁莽,这里可是公安局的派出所啊!到处是警察啊!"赵胜天只好忍气吞声地离去。

再去办理独生子女证,去办统筹医疗证。回头再办理户口,再持户口去粮店办理粮油关系。到处打听。到处排队。到处看冷脸。

有一次转悠了半天,才找到办统筹医疗证的地方,中午机关休息,下午两点上班。等待的时间,赵胜天就去附近逛商店。后来一坐上顾客休息的长椅他就睡着了。等到有人拍醒他,他问:"两点到了吗?"

人家说:"晚上九点了。我们要关门了。"那人还挺幽默,说,"吵了你的好觉,真对不起。"

赵胜天睡了一大觉,精神格外清爽,心情也随之好转。不能睡了就走哇,他就和那人聊了两句。

"谢谢,借光了。你知道我这个月最欠什么吗?"

"钱啰。"

"不是。钱是月月都欠。这个月最欠瞌睡。你有兴趣猜猜原因吗？"

"老婆生了孩子？"

"你太神，伙计！"

"我老婆刚满月。"

他们哈哈大笑了一通，愉快地挥手再见。真是海内存知己，天涯若比邻。我们并不是孤军奋战，应该有信心，有勇气。

在为女儿办妥一切证件之后赵胜天实在走不动了。他粗略地计算了一下，他走了将近两万多公里。好家伙，我的小朝阳，为了你合法地出生，为了你每个月得到一斤食油、九斤粮食、一公斤猪肉，爸爸绕地球走了半圈！

第一个月是多么艰苦卓绝的一个月。母亲虚弱不堪，婴儿娇小又陌生。赵胜天差点给压垮。过早地起床操持家务，李小兰真落下了病：全身骨头酸痛。后来又没有了奶水。小两口断不了争争吵吵。但他们仍然能感到一种幸福。这幸福凌驾于一切困苦之上。那就是朝阳的惊人进步。朝阳十天就盯着彩色摇铃看。十五天就笑了。十六天开始嗯嗯啊啊发声。十八天伸出小手抓妈妈衣服。二十天就开始有眼泪。二十五天想挺直头颈。二十七天十分清楚地叫了"姆妈"。二十八天洗澡不怕水,动手动脚好像在游泳。朝阳在向父母靠拢,向世界挺进。体重已有十一斤,小东西多有意思。你付出之后便得到了,值!

12

夫妻好像天生就配好了一样。一个能干,一个就不那么能干。一个喜欢主内,一个就喜欢主外。赵胜天、李小兰初婚时节还看不出苗头,现在已经很明显。原来善于满天飞,到处叽叽喳喳的李小兰,现在不飞也不叽喳了,一心在家看孩子。一切外交事务落在了赵胜天身上。据说这样搭配的夫妻离婚率最低。

他们决定请个保姆。这当然是赵胜天的事了。

现在中国的保姆市场是一个不可低估的广阔市场——赵胜天曾记得在某杂志上看到过这个标题,可惜与正文失之交臂。因为他以为那不是他的生活范畴。谁知时间过去不久,他就涉足这个市场了。

赵胜天去了一个居委会的保姆介绍站。交了一块五毛钱介绍费之后,介绍站的工作人员要求他首先介绍自己的情况。赵胜天就说了。老婆生孩子快满月了,他和老婆都是双职工——他没介绍完就被工作人员截走了话题。工作人员是个头发花白一口缺牙的老太婆,怀里抱着一个半岁小儿。

"我知道了。你们都是双职工,幼儿园又三岁才让进。"

"是这样。"

"你们双方的老人都没了?"

"不。都健在。"

"都在世不带孙娃?"

"他们身体不好。"

"哦!我就身体好?"

赵胜天被愤怒的质问噎住了。

老太婆又质问所有人:"人家的儿女都知道孝顺父母,我怎么就养了个畜生?"

最后好不容易话题转到了赵胜天这里。他说:"我想请一个干净卫生,五官端正,说普通话的保姆,不论年龄大小。"

"你父母怎么可以不带孙娃?老命哪有小命重要?"

"是啊。"赵胜天无奈地苦笑了。

居委会主任进来一看情形,就拍了老太婆一巴掌:"又把人家啰唆昏了。死婆子,老不改正自己的缺点。"

烦恼人生

不一会儿,赵胜天见到了一个年轻姑娘。姑娘苗苗条条,五官端正,还化了淡妆。她朝赵胜天点头微笑,有着城市女孩的礼貌。

"请问每月工资多少?"

开口就是钱,赵胜天对她印象马上变坏了。

"我家的情况摆在这儿,你说工资多少。"

"我说嘛——孩子太小不好带,独生子女责任又重。但你们年轻夫妻恐怕一月也拿不了多少钱,这样吧,五十块就算了。"

拜拜。赵胜天站起身就走。五十块加上吃穿用就等于赵胜天失业。

"别着急嘛。四十五块?"

"你当我是个体户?我是工人。"

"好吧。咱们都是年轻人,等于是帮你一个忙。四十。"

那就等于李小兰失业。这个三口之家的经济状况不允许任何人失业。

赵胜天有一帮狐朋狗友,他向他们发出紧急呼救。很快就来了消息。赵胜天赶到汉口一个朋友家去看据说很不错的一个姑娘。

这次更有意思。姑娘看不中赵胜天。没有单独的保姆房间，没有星期天，而且洗衣机不能使用，这样的家庭她根本不予考虑。她说我们安徽来的保姆个个都是好样的，活干得你无可挑剔，因此对东家条件也就要求严格一些。朋友们说姑娘你就帮帮忙，他们厂不久就要分房子了。姑娘说那好，分了房子我再来。可怜可怜他嘛，那谁可怜我？

"拉倒吧！"赵胜天说。

赵胜天先后见了七个姑娘，年龄在十七和二十岁之间，籍贯五湖四海，最后一个都没达成协议。

有的是赵胜天看不上，出于礼貌，他至少还和她搭讪几句。可她们一点不给赵胜天面子。有个姑娘听完赵胜天的介绍，傲慢地扔下一句："我想是介绍人误会了，我决不带婴儿。"然后头也不回地走了。

赵胜天几天奔波，一事无成。最后一次他回家时，李小兰正在走廊做饭。

"请到了吗？"

"请他妈个屁！"

赵胜天夺过李小兰的锅铲碗匙往楼下扔。

烦恼人生

"赵胜天你疯了！干什么你！"

赵胜天还不解恨，又跺脚又吐唾沫。

"个婊子养的！保姆有什么了不得的，只知道钱钱钱，臭！"

"算了小赵，别把朝阳吓到了。"

吃午饭的时候，四嫂来了。她劝了小两口一会儿，说："你们交个底子给我，兴许我能替你们想想办法。你们请个人，准备到底可以付人家多少钱？这笔钱是家里帮你们付，还是你们自己付？朝阳吃奶粉开销更大了，一个人的工资养她还不够，你们怎么个划算？"

"四嫂，家里不会替我们出保姆钱的，除非我生的是儿子，这一点你心里清楚。可我们有自己的主意，你听我细说。"李小兰怀抱朝阳，轻轻前合后仰，轻轻算起那一大篇细细碎碎的家庭账，顽皮小姑娘的影子一点没有了。生了个孩子，李小兰脱胎换骨了。

"保姆工资准备给二十五块至三十块。每月按时开薪决不拖欠。朝阳的营养是一点儿也不能少的，大人的伙食也要开得每天有荤。靠我们的工资肯定是不够用，我们就卖了一些东西。席梦思、风铃、豪华落地灯这些东西都是没用的装饰品。四嫂您别去外边给人说，也别笑话我们，再不够用还有我的一些首饰可以卖。事到如今人也想通了，没钱就别装阔气，花里胡哨干啥？"

李小兰声色不动，抽出两千元的存折给四嫂看。

四嫂叹了几叹，眼睛也红红的，说："你们对得起朝阳，是做父母的样子了！"

不久，四嫂带来了一个十八岁的农村姑娘，是她娘家的远房亲戚，算来算去可称作表妹。名字叫小菊。

小菊进房就被朝阳吸引住了。

"好有趣的胖妮儿，发面馍似的，真馋人！"

赵胜天和李小兰交换了一个满意的目光，他们终于找到一个开口就谈孩子的保姆了。

小菊抱住朝阳，一手搂屁股，一手扶腰，稳笃笃的。四嫂说她从小带孩子，大哥的二哥的堂哥的，不下五个，个个都没有过闪失。

小菊说："是的，俺就喜欢小孩子，不喜欢地里活。"

四嫂和赵胜天、李小兰对视一笑。四嫂问："怎么样？"

赵胜天满意地说："行啊！"

烦恼人生

四嫂又说小菊往后回家就远了，汽车火车地转，两三天才到家。

李小兰忽地明白了，四嫂在婉转讨要小菊的路费呢。李小兰拿八十块钱塞进了四嫂口袋。四嫂假装不要，说："你这是干什么？干什么？一家人嘛。"

李小兰说："亲兄弟明算账，怎么能让四嫂掏钱呢。这一趟路费吃喝不便宜啊。多余就算是我们的酬谢了。"

"现在什么都贵呀。"四嫂不好意思地支吾了一句，然后双手一拍，说，"好，总算给你们办成一件事了。"

小菊不认识煤气炉，不会烧蜂窝煤，没见过电饭煲。认为用拖把擦地和用扫帚扫地没有什么区别。牛奶煮潽了不知道怎么办，奶瓶温度把握不准。没有几个小时喂一次奶的时间概念——她不认识石英钟上的罗马字母。

赵胜天给小菊架起了行军床，自制了一扇折叠屏风，这两样东西都是晚上展开白天收起来。李小兰领小菊去浴室洗了个头和澡，替她买了洗头膏、香肥皂、毛巾、牙刷、牙膏、水杯、一双拖鞋、一条短内裤，另外送了一套半新的外衣。这一下又花去一笔钱。好在李小兰有思想准备，凡请过保姆的家庭都知道保姆来你家绝对是两手空空，一身清风。

不到一个月，两口之家变成了四口之家了，大家都得重新适应新环境。

13

朝阳满月了。婴儿满月是件大喜事，武汉市兴做满月。所谓做满月，就是摆酒置席宴请亲朋好友大吃一顿。凡是喜事好事便都是要吃喝的，凡吃喝都是要花费的。赵胜天、李小兰没做满月，只是一家三口去公园玩了半天，给朝阳拍了一卷彩照，给满月的朝阳留了一个永久的纪念。

后来双方家长又是都有意见，都说没把爷爷奶奶们当人。赵胜天、李小兰两口子只当没听见，完全不理那一茬。他们学会我行我素过日子了。

果然满月一过孩子就不一样。

小菊摇着摇铃，朝阳就嘿嘿笑，赵胜天看着手表。

"最新纪录，朝阳笑了两分钟。"

李小兰说："明天就三分钟啦。"

朝阳的哭声也变得响亮凶狠起来。两只小脚几下就蹬掉了被子。强烈的好奇心已初露端倪:有人送来一只"米老鼠",她就瞪着它的大黑鼻子,啊啊地叫唤。赵胜天下班回家,进门叫一声:"朝阳!"她立刻就知道是自己的名字,立刻朝赵胜天转过头微笑。李小兰说爸爸要上班了,她也懂得望一下赵胜天,再望一下房门,嘴巴积极嚅动着,好像非常想说什么。女儿开始和父母沟通了。父母不再单纯地陷在尿布屎布堆中了,女儿激起了他们许多的遐想或者说是理想。

赵胜天最想的是赚钱。他有了这么漂亮的一个女儿,再得过且过不行了。他可不能让女儿受穷受苦。别人的孩子有什么他的孩子也得有。

赵胜天考虑了许多方案:留职停薪干个体户,干什么呢?开餐馆,不行。中央三令五申禁止公款吃喝,这一行萧条多了。开发廊,他本人没一点技术,压不住伙计。修自行车,他不会。服装裁剪,他不会。裱画,他不会。况且做生意都得要门面,要本钱,要有点经营经验,他不是单身汉了,已经经不起失败。再动念头闯沿海吧?但机会可遇不可求,盲目闯去是捡不到黄金的。赵胜天赵胜天,你二十六年多都干什么去了?怎么什么都不会?什么都没有学?没有学问,没有一技之长,你拿什么本事赚钱?

你真是个混蛋马大哈!

赵胜天狂热地痴迷了那么久的种种生财之道,一说给李小兰听就被李小兰一盆冷水泼醒了。

"全是放屁。"李小兰说,"你这个人根本不适合做生意,奸商奸商,无奸不商,你没那心眼儿。你太仗义了。"

虽然说一瓢冷水泼醒了赵胜天,他也听出了妻子对自己的夸奖。他想他也许应该走正道赚钱。

赵胜天是在领工资的时候,从工资表上看见查工程师的工资金额时开窍的。查工程师的基本工资是一百八十元。据说还经常给外单位搞些设计和项目。从他夫人和女儿的穿着、风度来看,他家是比较富裕的。这才是一条规规矩矩的正路。一条受人尊重的正路。像他大哥赵胜才,人们怕他,但不尊重他。新中国成立到现在,还从来没人真正尊重生意人。

赵胜天决定报考成人大学,读书去!读个尖端专业。三年毕业他正好三十岁。三十而立,不晚。三岁的朝阳刚刚懂事,她在幼儿园会说我爸爸是工程师,谁也不会小看她了。他的工资会按工程师的档次往上升,而不是一级技工一级技工地往上爬了。赵胜天的脑袋瓜子挺灵活的,他相信自己会有所作为。

烦恼人生

　　星期六，哥们从汉口打电话来约他星期天玩一玩，安排的节目是白天摸麻将，晚上跳场舞，中午吃"老会宾"，巧巧请客。巧巧是他们一起玩了许多年的朋友，她参加全国通俗歌曲大奖赛获奖了。

　　"我不玩了。我没工夫。替我祝贺巧巧。"

　　"大家这是为你安排节目呢，看你苦了这么久。是嫂子不让出来吧？小兰嫂子未免管得厉害了吧？"

　　"不关小李的事。是我自己决定的。"

　　"拐子，你在疏远我们啦？"

　　赵胜天犹豫了一下，说："不，哪儿的话。"

　　说疏远不准确，说离开更恰当。再见了，你们这一群哥们。穿时髦服装，留时髦发型，出入舞厅茶座，高谈阔论，热情如火，义气二字重如山的哥们，咱们友谊永存，但必须再见。赵胜天拿着电话筒看了好久舍不得放下，他知道他们再不会来电话了。

　　星期天赵胜天逛了书店。

　　就在赵胜天满怀豪情壮志逛书店时，家里出事了。

李小兰分明是看了朝阳一眼下楼去的。朝阳好好地躺在床上,小菊在给她换尿布。仅仅是晾了一床被单回来,朝阳就是满脸鲜血的可怕模样了。小菊骇得在朝阳脸上乱擦一气,越发涂得触目惊心。

"朝阳!我的朝阳!"李小兰失声痛哭,两手乱抖,不知如何摆弄床上的女儿。

"小菊,你怎么她了?"

"我没有。"

"快说实话,小菊!"

李小兰揪住小菊使劲摇耸,小菊也哇啦哇啦哭了。

"我没有怎么她,真的没有!"

"怎么可能呢?我的天!"

李小兰抓过自己的镀金小手表,半跪在小菊面前。"求求你小菊,说实话,我不怪你。这是三百多块钱一只的小表,说了我送给你!"

"我不要。我没有啊。"

赵胜天进房时,房里大小三个女人都在嚎哭。李小兰一看见赵胜天便扑过来连捶带打。

烦恼人生

"看看孩子,我的孩子!你怎么不照看我的孩子——你死到哪里去了?"

乍一见朝阳的满脸鲜血,赵胜天的双膝直往下软。到底是男人,他撑着没有倒下去。

"快!上医院!"

赵胜天抱起女儿就跑。李小兰也清醒一些了,抓了尿布毛毯跟着跑。

血好像是从鼻子、嘴巴里面流出来的,原因不得而知。赵胜天跑啊跑啊,心里催促自己:快!再快点!女儿呵,你可别有个三长两短哪!你可别出什么事哪!我们已经在一起生活得这么好,我不能没有你哪!不能不能不能啊!

李小兰披头散发呜呜地哭着。小菊也追上来,煞白着脸,一个劲说:"我没有,没有。"

大马路上的行人被惊呆了。汽车为他们纷纷紧急刹车。警察默许他们在马路中央不顾红灯绿灯地往前跑。

一辆摩托飞驰过来,嘁地刹在赵胜天身边。

"快上!"摩托车手说。

人行道上爆发出热烈的掌声。

到了医院又是一番紧张。一个小时以后，朝阳吊上了液体，慢慢睡着了。赵胜天、李小兰左右守护着女儿。

李小兰问赵胜天："你逛到哪玩去了？今天要是朝阳有个好歹，我这辈子就不会饶你。"

"我没有去玩。"赵胜天注视着药瓶里的液体一滴一滴往下落。

"喂，我说话你听见了没有？"

"没有。我在想那个摩托车手，他戴着头盔，我连他的脸都没有看清，真遗憾哪！"

李小兰忽然觉得丈夫变了。完全不是那个在新婚时刻打架的人了。

"是啊，真遗憾。"她说。当然不是遗憾赵胜天的变化。

14

医生尽量通俗地告诉这对完全没有医学常识的年轻夫妇：婴儿的血是鼻腔黏膜小血管破裂流出来的。婴儿没什么大病。原因是今冬气候太干燥，而婴儿又是吃的奶粉，奶粉火气太大了，再加上你们给婴儿穿衣服太厚了，婴儿可是纯阳之体，怕热啊。

治疗没有什么特效药,就是金银花露两瓶。医生说,孩子需要的是接近母乳的奶粉、新鲜果汁、菜汁、蜂蜜和适当的衣服。

市面上什么牌子的奶粉接近母乳?

医生说,我推荐一种:英国雀巢公司的NANI婴儿奶粉,汉语叫作能恩婴儿奶粉。我孙子吃了它,效果挺好。

英国?夫妻俩说谢谢您啦。

赵胜天、李小兰在武昌最大的中南商业大楼食品柜找到了"能恩"。听装四百五十克,装潢十分美观,说明书上写着:能恩(NANI)婴儿奶粉,提供婴儿最佳发育所需的各种维生素及矿物质,其品质由雀巢公司保证,全球母亲均熟悉及一致信赖。

作为全球母亲之一的李小兰不熟悉"能恩"奶粉,但她信赖。

"小赵,我们买吧。"

"二十七块八毛一听,一听只有九两。根据这上边的喂哺表,朝阳大概一个星期就吃完了。"

"一星期二十七块八,还要另外配上果汁蜂蜜金银花露什么的,生活费是不是太贵了点儿?"

"是啊。奶粉总归是奶粉,又不是金子,洋鬼子就会骗我们的钱。"

"嗯。我们用不着上当。"

朝阳吃的是武汉市民们信赖的本市"扬子江"牌全脂奶粉。因为吃了鼻子出血改喂婴儿奶粉。婴儿奶粉不干净,每次煮奶都浮起许多细渣渣,又改喂黑龙江优质奶粉。可是朝阳拒绝吃"黑龙江"。大家百思不得其解,最后李小兰尝了两口,原来橡胶味很浓。于是再改用沙市的奶粉,朝阳倒是一口气吃了一百二十毫升,但第二天就没有大便了。使用了"开塞露",肛门还是裂开了。一连三天,朝阳的肛门都在裂开。李小兰实在不忍心了,说:

"小赵,咱们还是试试'能恩'吧?"

"那就试试。"

赵胜天去买了一听。淡蓝色的听子,一看就令人赏心悦目。

朝阳可不懂钱的问题,她偏偏爱喝"能恩",喝了一切正常,不再鼻子出血肛门开裂。赵胜天、李小兰也尝到了"能恩"的甜头,半夜起床的时间大大缩短。八十度的开水一冲即好,摇一摇能够完全溶化,孩子喝完奶大人接着睡觉,梦还可以续上。小菊对"能恩"也赞不绝口。她不必为煮潽牛奶担心了,不必害怕点煤气炉了。简便卫生安全，一旦谁挨上谁也离不开。不尽如人意的只有一点，那就是一听"能恩"只够朝阳吃三天，而不是赵胜天估计的一个星期。

他们还是下决心使用"能恩"奶粉。

售货员一听顾客开口就要十听"能恩"，神态立刻变谦恭了。他殷勤地向他介绍，吃这种高级奶粉一般配高级果珍。他拿出一瓶美国进口的而不是中美合资的果珍，放在十听"能恩"奶粉一块，就像宝马配金鞍。

"这儿有商标，您瞧，美国宇航局特别选定——"赵胜天说，"太空时代的饮料，划时代的享受。"

"对极了！买了吗，先生？"

赵胜天在购买"能恩"的时候变成"先生"了。柜台边已经围满了看热闹的人，人们都看出手阔绰的"先生"。

赵胜天首次在公开场合正式被人尊为"先生"，李小兰很为之自豪。她感觉很好地说："我们买了！"

又加了二十七块五毛，一共三百零五块五。朝阳一个月食物的主要开销。

李小兰的父母不同意女儿的这种做法。他们认为没有必要崇洋媚外，也没有必要这么奢华。爱慕虚荣是年轻人最坏的品质，结婚时候他们就看出了这一点，只不过照顾他们的新婚情绪没指出罢了。有了孩子还这个样子就不合适了。可以进入商店出售的奶粉，不都是奶粉吗？不都具备同样的营养吗？难道外国的月亮真的比中国圆？

李小兰说多谢父母大人指教。结婚时候没有批评我们，现在过期作废。现在和过去不同了，不是一回事情了。

"兰兰！"李小兰的妈妈厉声说，"都做妈的人了，还嬉皮笑脸，我们说的是正经话。"

"天！我不是正经话吗？你没看见自从生了朝阳我就没买过衣服，没上过美容厅？可我有权利买能恩奶粉给我女儿吃，我爱她，我不嫌贵，剜我的肉给她吃也不与你们相干！"

赵胜天连忙出来打圆场。向岳父岳母展开现身说法。他出生在饥荒年代，父亲挺有志气给他取名叫人定胜天。他胜了天吗？没有。缺钙使他成了鸡胸罗圈腿，三岁时才蹒跚学步。学习成绩不好，因为营养不良使他上课老犯困。瞧瞧小朝阳，吃了一个月"能恩"，不缺钙不缺锌，三个多月就可以稳稳坐住，还会故意仰倒逗大人笑，智力发育多好！

小菊就让朝阳表演,朝阳坐在床上,然后仰倒,然后瞅着大人们咯咯咯直笑。

老人们承认朝阳抚养得很不错。但他们还是坚持认为:吃进口奶粉不是中国人养孩子的发展方向。绝对不是!

不过后来赵胜天送他们下楼,他们硬给了赵胜天一百五十块钱,作为朝阳吃外国奶粉的补贴。他们嘱咐赵胜天不要告诉李小兰,别的就不再多说什么了。因为他们觉得赵胜天比李小兰懂事多了。

赵家也因为"能恩"和美国果珍轰动了。很少光临的大嫂二嫂结伴而来,借看朝阳为名参观洋奶粉,那是她们这辈子没有见过的稀罕东西。

老太婆在牌桌上向她的牌友们大发感慨:"往日我也养娃,没花一分钱,光凭我这两只奶袋,六个娃长得人高马大。如今怪事多,不喝人奶喝牛奶,还喝洋牛奶,真是钱发烧了!不能娶时髦风流的媳妇哇,花花点子多,败家精,接个媳妇卖个儿,我那么杂种儿子算是卖给人家啰。"

赵胜天、李小兰的同事也多有议论,当作一桩新闻到处讲。还有人对他们钱的来路提出了质疑。

"太多人注意我们了。小赵,你怕不怕?"

"你怕吗?"

"不怕。"

"就是,有什么可怕的。不过是女儿喝了点'能恩'。"

"社会可真复杂。"

"领教了吧?"

"领教了!"

朝阳喝什么奶粉好,他们就给她买,决不选择奶粉的国籍,决不在乎人们怎么说。在这一点上,赵胜天李小兰完全一致。

是的,他们从小喝稀饭米汤也长大成人了。他们的父母只要儿女长大成人就行了,就尽到责任了。赵胜天李小兰可不只是要女儿存活下来。他们要女儿有第一流的体质、第一流的智商,以便将来在那激烈竞争的时代里成为强者。到朝阳这一代人,中华民族不能再缺钙缺铁缺什么微量元素啦,要身强力壮地去创造去发明,富强我们的祖国,富强我们的民族,富强我们的小家庭。多少年多少代,我们穷得太久,该过过好日子了!

原来赵胜天、李小兰是一对有理想有抱负有雄心的年轻人呢,他们的理想抱负雄心是和他们的女儿一起孕育出世的,在漫长和艰难的日子里悄然萌发的,别的人谁能明白?

15

"同志,请拿盘磁带。"

李小兰听见自己的声音相当悦耳。

几个月以来,李小兰第一次穿戴整齐逛大商场,真有重见天日之感。身边没有丈夫、没有孩子、没有保姆原来是如此轻松自由。商场到处都是大镜子,李小兰从中看见自己又娇小苗条了。她真高兴。她一高兴就想买东西。朝阳开始注意上音乐了。前天收音机里面音乐一响,朝阳就随着音乐慢慢扭动屁股了,那音乐好像是《天鹅湖》吧?

李小兰敲敲柜台:"同志,买盘磁带。"

"乱敲什么?买谁的?说呀。"

"买冼星海的《天鹅湖》。"

"噢,我的妈!"女售货员把眉毛挑得老高,"《天鹅湖》是柴可夫斯基的,冼星海的是《黄河》,您从哪家扯到了哪家?"

磁带柜里外全是时髦的少男少女,他们毫无顾忌地哄笑起来。李小兰简直无地自容。她根本没有注意自己说的什么。她只是随口说的。从前听歌就是听歌而已,谁都不会去管是谁唱,比如"社会主义好,社会主义好,社会主义社会人民地位高"。谁唱的?没有人知道,关键的是要知道歌词,歌词是起教育作用的。都是现在风气变了,西风盛行,听歌要听谁谁的歌。该死的!要是过去,李小兰准不服输,抢白人家是她的拿手好戏。她会说:"是的,我狗屁不懂,我又不是他妈音乐学院毕业的,你们笑什么笑?当心笑掉了门牙嫁不出去。"勇于承认自己狗屁不懂,这就是现在年轻人的潇洒。这次李小兰却潇洒不起来,不知是为什么。

李小兰垂头丧气地离开了商场,埋头急急往家奔。此时此刻她只想回到女儿身边。她叮嘱小菊别告诉赵胜天她今天去商场了。因为赵胜天一定会奇怪她怎么空手而归,一定会追问她的,她不想让自己再出一次洋相了。

小菊很听李小兰的话,什么都不说,赵胜天却还是注意到了妻子的异常。

"今天你怎么啦?"

烦恼人生

"不舒服。"

"哪儿不舒服？"

"哪儿都不舒服。"

"肯定是因为月子没坐好。只怪我们没经验。据说月子里落下的病须在月子里治疗，看来我们还得再怀孕一次。"赵胜天被自己的话逗笑了。李小兰没笑。她认为丈夫的玩笑一点也不可笑。

赵胜天又告诉她一个好消息，他报考成人大学，厂里不仅没为难，并且主动提出为他交纳学费，只要他毕业后不提出调动。

这的确不是个坏消息。赵胜天长进好快，要当大学生了。谈恋爱时李小兰对赵胜天最大的遗憾就是他没有大学文凭。现在婚都结了，孩子也生了，文凭也不那么时兴了，赵胜天却忽然一觉睡醒了。

李小兰勉强一笑，说："睡醒了？可喜可贺。"

我呢？李小兰心想：你去念大学我就更得牺牲自己的时间了，我这辈子就婆婆妈妈带孩子算了！我现在已经无知到连买一盘磁带都遭人耻笑，将来还不知道苍白到什么地步呢！

赵胜天还是发现了问题，追问道："你到底怎么啦？哎？"

李小兰再也忍不住了。

"你说我怎么啦？你天天有好消息：发奖金了，项目搞成了，产品打进某国市场了，赛球赢了，读大学了。我呢，也天天都有好消息：朝阳不吃手了；小菊打酱油多找了一块钱回来了；朝阳的大便由两次变为每日一次，松软，黄色，成条索状，臭味更浓，多好的消息，你女儿开始拉大人的屎了！"

赵胜天悠悠叹了一口气："你到底厌烦朝阳了。"

"胡说八道。我没厌烦！我不是厌烦她！"

李小兰委屈的泪水顺流而下。她摊开一双手让赵胜天看。这双手一点儿没有女性美。冻疮、裂口、菜刀划破的伤口、别针扎的小洞重重叠叠，此起彼伏。

"我用这双手天天侍候你们父女，任劳任怨。可是凭什么要把我一连几个月关在家里？像个聋子、哑巴，对外面的一切一无所知。我和所有的朋友都断绝了来往。电影都没看过一场。为什么?！"

李小兰夺门而逃，她怕自己控制不住号啕大哭吓坏了女儿。

赵胜天追出门来，挽住了妻子的胳膊，陪着她在路边慢慢前行。除了默默陪着她，赵胜天无话可说。李小兰说的也是他想说的，他也有一双做家务洗尿布冻坏了的手，他也几个月没看一场电影。也许李小兰没想到，而他早就在想：他们夫妻几乎没在一起过性生活了。他也想哭。可他哭都不能哭，他是男人。社会对男人有更严格的要求，要求男人有泪不轻弹。

谁理解他们？

谁为他们着想？

谁看重这对年轻夫妻在路边的饮泣？

正是穿着打扮、交朋结友、学习长进、见识世界的年纪，可又正是生育孩子抚养孩子的年纪。孩子是祖国的花朵人类的未来——这是国家的标语口号，是漂亮的大话，写在大街的围墙上给人看的，实际上这个社会没有一点具体措施培育祖国的花朵，这些花骨朵三岁之前连幼儿园都不收留，父母必须上班，母亲的产假四十五天，产假满了再不上班就要扣工资和奖金，就要挨批评了。就连已经退休的老人，都不再愿意助儿女一臂之力，因为新社会让他们懂得享受了，还有什么办法？死结子，永远的矛盾。哭个痛快再说吧。

赵胜天建议李小兰每天抱朝阳去儿童公园晒晒太阳，走一走,呼吸呼吸新鲜空气。

《育儿大全》上说五个月的婴儿每天至少要有两个小时以上的户外活动,以锻炼他们呼吸道黏膜的抵抗力。

"儿童公园里也有许多其他带着婴儿的母亲,你可以和她们聊聊天,交流交流,这也是一种社交活动了。饭菜就随便小菊做吧,做成什么样子,横竖都是吃。以后我们会逐渐好起来的。"

赵胜天刚刚上大学,就已经显得很有知识教养了。他是从家庭大学丈夫父亲专业毕业的男人。

李小兰默默点了点头。再不愉快的妻子也不好冲这样的男人发火了。

16

李小兰果然在儿童公园里见识了一个新天地。

这里尽是小孩、老人和怀抱婴幼儿的少妇。尤其是后者,李小兰感到分外亲切,这才是她真正的同类。第一次踏进公园,李小兰就预感到自己会在这里发生点什么事。

李小兰认识的第一个女人带着个周岁男孩,是汉阳卷烟厂的工人,穿着萝卜裤短夹克,挺时髦。她专门谈她如何整治她的

烦恼人生

婆婆和小姑子。她称她婆婆为"老屄",称她小姑子为"小骚屄"。她说:"那老屄敢不给老子带孩子,老子就当她面把她独种孙子往水池里丢。当然是假戏真做啰。"

开头李小兰听得有趣,女人一再重复就没意思了。况且她肆无忌惮地大声说脏话引来了许多人的侧目,李小兰的脸有些搁不住。当她看见那女人一把扯过自己的儿子叫"小杂种"时,她像怀孕一样恶心了。

"我得回去了。"李小兰说。

"还这么屄早呢?"女人说。

"是啊,我还有点事。"

李小兰匆匆走开。不过她没回去。在假山那块,她们又碰上了。李小兰装作没看见她,那女人翻了翻眼睛就走了。

周琳娜有张招人喜欢的甜脸儿。她主动与李小兰打招呼,说:"嗨,你毛毛好漂亮!"

"你毛毛也好漂亮啊。"

"多大了?"

"五个月。"

"我们半岁。我们是姐姐。"

她们相互交换孩子抱了抱,大谈了一通抚养孩子的经验和教训。谁都听不下去的琐碎话题,她们谈论得津津有味。

后来再见面,她们的话题就逐渐深入了。周琳娜是一个独生女,在娘家一直是娇生惯养的。她还爱好音乐,父母送她学过小提琴。可是结婚三个月,公公去世,婆婆中风瘫痪。七个多月时,丈夫车祸死了。因她已经有孕,婆婆不愿意她成为孤儿寡母,于是她又嫁给了丈夫的弟弟。

"杰杰是她爸爸去世后四个月出生的,那时我又新婚一个月。"周琳娜泪光闪闪,紧抱着她的女儿。

周琳娜除了上班,还要照顾婆婆和孩子,缝补浆洗一日三餐。她是银行职员,工作不得迟到早退,不得分心马虎。

李小兰忍不住洒了一掬同情之泪。世上还有这么苦命的人,比起周琳娜的苦难,她的困难算什么呢?只不过是困难而已。周琳娜抹去泪水,说其实她过得还不错,她必须坚持下去,再苦再累都是可以习惯的。好在她们婆媳关系挺好,婆婆瘫在床上还带孙女。现在她偶尔还操琴,她的听众是她婆婆和女儿,一老一少什么都不懂,但依然表现得非常热情。

"琳娜,你真了不起啊!"

烦恼人生

李小兰和周琳娜一块儿又认识了王珏。王珏是湖北大学的老师。她比她俩大五岁。头一个孩子生出来就死了，怀抱的是第二胎，五个月，和朝阳同一天出世，叫崔书。

王珏不施脂粉，一派淡雅，衣料质量十分讲究，剪裁贴身入体，是亭亭玉立的一位文雅少妇。

李小兰、周琳娜倾慕王珏的风度，王珏喜欢她们的活泼坦率。王珏和她丈夫关系不好，处在离婚边缘。

李小兰她们不明白，既然离婚还要孩子干什么？

"正是准备离婚我才要孩子的，我得有一个最亲的人，看着他我就高兴，就有好好工作和生活的动力。"王珏告诫李小兰、周琳娜，女人要自尊自强，要多学习，要有点儿本事。否则，男人会从心底里看不起你。她的丈夫是个年轻有为的副教授，结婚几年不要孩子，王珏全力以赴支持他干事业。现在他瞧不起王珏了，和他的一个女研究生情投意合，马上共赴美国。

李小兰、周琳娜很气愤，说："这是第三者呀！很不道德呀！你干吗不告他们？"

王珏却很大派地说："我告他们干吗？感情上的事情，仅仅用道德标准衡量是没有什么力量的。男人这么做，那就说明他不爱你了。这样喜新厌旧的男人，我还不要呢！我还看不起呢！离婚正合我意，我就怕他又反悔，推都推不掉。再说离婚也不见得就是坏事呀，我也再一次自由了呀。"

王珏一番话，说得李小兰、周琳娜眼界大开：看看！这也是和我们同在一个天地间生活的女人，多么有主见，多么有志气，多么有道理！

李小兰交一个朋友就多一分见识多一分感慨。世界之大，人生之复杂，的确各人都有自己的不幸。相比之下，她还是最有福气的一个人，原来她的生活基本都是正常的顺利的，父母健在，身体健康，丈夫人好，积极上进，女儿漂亮，一天天健康成长，她得承认，她只是经常遇上困难而已。

李小兰给她的朋友们，讲的则是"能恩"奶粉的故事，赵胜天当新郎那天打架的故事以及她买磁带出洋相的故事。周琳娜、王珏听得捧腹大笑。最后，她们不得不公认李小兰是个有福之人。

"是啊。"李小兰说，"这几天我也这么认为。王珏换了四个小保姆了，费了多少辛苦，而我还是用着小菊。"

在风和日丽的上午，她们三人并排坐在长椅上，逗着孩子。

有时候也静静坐着晒太阳。

李小兰是一颗初为人母的卫星,进入了她的轨道,她生活得正常而愉快。

从王珏那儿,李小兰学会了做米酒,学会了做四川泡菜,学会了做糖醋带鱼、西湖醋鱼和湖北家常鱼。

"不会做菜算不得一个好女人。"王珏说。

从周琳娜那儿,李小兰知道了《天鹅湖》是四幕芭蕾舞剧。俄国作曲家柴可夫斯基用一套交响组曲表现了变成白天鹅的奥杰塔公主与齐格弗里德王子相爱并战胜邪恶魔法师的爱情故事。在李小兰的请求和王珏的支持下,周琳娜把小提琴带到公园来了,李小兰因此听了不少世界名曲。

三个少妇自作主张为三个孩子结了干亲。杰杰是大姐,崔书是二弟,朝阳是三妹。三个母亲希望她们的孩子将来互相帮助互相爱护,都有出息。

产假的最后日子飞快地过去了。

在这最后一段日子里,李小兰的负担连续加码。首先是赵胜天开始刻苦学习,每天都用大量的时间看书写作业,家务则都是李小兰主持了;其次是赵家老太婆患急性胆囊炎住院没人看护,李小兰主动做好饭菜催促赵胜天送到医院去。

赵胜天十分意外。

"我还以为你巴不得她死呢。"赵胜天逗她。

"她毕竟是你的妈妈,她不懂事,我们不能不懂事。将来我们也会有老的一天的。"李小兰说得非常真诚。她告诉丈夫,"的确,过去曾经多次有巴不得她死掉的愿望,后来慢慢就没有了。想明白了,看开了,其实她不替我们带朝阳是她自己的损失。她如果帮我们带孩子,我们也不会让她累着,我们同样要请保姆,只是让她看着点儿,经常去公园走走,运动运动身体,朝阳那朝气蓬勃的小生命对老人的风烛残年是很好的补充,可惜她不懂,只知道搓麻将,盲目地重男轻女,看看打麻将打出毛病了吧?所以我很可怜她呢,她儿女双全,子孙满堂,却不算一个有福气的人。"

真是士别三日当刮目相看。赵胜天被妻子的侃侃而谈震惊得合不拢嘴巴。

李小兰得意地瞅了瞅赵胜天。

这算什么!你就等着瞧吧!比起周琳娜和王珏,她还差得老远呢,她会努力学习呢。李小兰从来没有这么强烈地意识到自己的幼稚无知和鲁莽冲动：不会当家过日子，不懂世事艰辛，不知道许多常识性的生活道理。她在图书馆工作几年，连一本书都没有读完。她是那么后悔！以后她要好好抚养女儿，好好对待丈夫，好好治理这个家，好好看点书学点知识。有朝一日，她一定要去商场磁带柜夺回她的自尊，买贝多芬的《英雄交响曲》、比才的《卡门》、柏辽兹的《罗马狂欢节》、巴赫的《G弦上的咏叹调》，还有《风流寡妇》，小妞，你知道它是谁的吗？列哈尔的！《义勇军进行曲》是谁的？聂耳的。就是我们今天的国歌呀。你这个东家扯到西家的小妞懂得太少了，不配在这儿站柜台！

会有那么一天的。那一天，朝阳说："妈妈，你懂的东西真多。"

"朝阳，你长大了做个什么样的人？"

"做妈妈这样的人。"

"可是妈妈不时髦不漂亮啊。"

"妈妈何止漂亮，妈妈别有韵味，是那种腹有诗书气自华的韵味。"

腹有诗书气自华是王珏说的，是王珏的韵味，是李小兰追求的新境界，是她在女儿心目中的完美形象。

李小兰上班了。上班第一天就成了图书馆的新闻人物。她除尽浓妆，全无首饰，一条普通橡皮筋扎着一头流畅的直发。一进门就碰上了叶烨，她含笑说："叶烨，你好。"

没有听到"小婊子"的称呼，叶烨简直有些受宠若惊。

大家说："哟，李小兰怎么变了？"

"是吗？"她问。她又在心里回答自己：是的，我变了。我当然变了。

17

转眼小朝阳就到了一周岁。

赵胜天、李小兰夫妇在一室半一厅的新居里为女儿庆祝生日。客人是周琳娜母女、王珏母子、高山父子、刘武昌父女。高山和刘武昌是赵胜天抱朝阳去保健站注射防疫针时结识的朋友。一周岁的孩子总共注射了十次各种疫苗，有九次他们三对父子都碰上了。排队等候的时候，三位父亲谈话十分投契，这不是朋友缘分是什么。

烦恼人生

新朋友们参观了各个房间,一致认为这个小家庭简朴而雅致。李小兰听了"简朴"二字心里不免生出一些伤感。新朋友们都没有见识过赵胜天、李小兰那轰动武昌的婚礼,因此没有对比。李小兰自己有对比。豪华的装饰物品都卖掉了。不过简朴点也好,本色,普通人家嘛。何况朋友们还有"雅致"的评价呢。

五个周岁左右的小鬼头都穿着他们最漂亮的衣服,呀呀唔唔地说着他们的语言,摇摇晃晃地到处乱走。大人们煞费苦心地使他们围坐在小圆桌旁拍了几张彩照。然后撤掉桌椅,将大蛋糕放在地毯中央,以便让还不会走路的只会爬的孩子抓到一口吃的。

地毯是赵胜天夫妇专门为这次聚会买的,还送去用紫外线消了毒。果然不出所料,就是有小家伙故意把蛋糕扔在地毯上再捡起来吃。大蛋糕也是专门订做的,由武昌最有名的百年老店"曹祥泰"烘烤。

大人们一起唱了《祝你生日快乐》,小寿星却无动于衷。朝阳一点也没有主人风度,自己一边吃一边将奶油涂抹到每个小客人身上。有的孩子吓哭了,有的孩子咯咯直笑,说:"还要。"不知是谁带头,小家伙们一片声乱叫起来。

"吃。蛋刀。吃。蛋刀。"

朝阳叫得最响亮，白胖的小手招摇着，两条小腿噔噔噔地跑来跑去。这么多小朋友一块抢着吃蛋糕多么有趣啊，她的高兴劲简直不知道怎么疯闹才足以表达。

赵胜天站在朋友们中间，李小兰扎条围裙靠着厨房门框，他们不时地互相对视一眼。这快乐无比的场面真使他们心潮汹涌，感慨万千。

养一个孩子是多么艰难！李小兰的腰背还在酸痛，赵胜天的困劲还没有消失。两人都是又黑又瘦。孩子，到现在为止，你的父母还没有睡过一整夜的觉呢。光是泪水与汗水，他们为你流了多少？为你吃奶粉发生了好多次经济危机，最困难的那一次手里只有三毛五分钱硬币了。

养一个孩子又是多么有意思！八个月零七天，你突然十分清楚十分亲密地叫了一声"爸爸"，你把从来不哭的小伙子赵胜天一下子激动得扑簌扑簌流泪了。你爸爸结婚那天打架，你妈妈穿着新娘婚纱骂大街，多么调皮多么轻浮多么无知多么浪漫的一对年轻人，是你默默无声地把他们变成了稳重的成年人。从前他们不知有爱，现在他们对你对其他孩子对老人对所有人都充满爱意，充满宽容，自然，会爱的同时也会了恨。一切都是因为有了

烦恼人生

你，孩子！

小鬼头们精力充沛，一直闹到大蛋糕变成了粉末还不肯罢休。高山的儿子站在地毯中央撒起了第三泡尿。周琳娜的女儿拉了大便，并且一屁股坐在了屎堆上。尽管孩子们不愿意，大人们还是独断专行地结束了生日宴席。不过大家一致认为这是一次圆满的令人愉快的生日宴会。下个月高山的儿子周岁。高山将邀请大家到他家去做客。他说他的设计另有一番热闹。

"别忘了日期。"高山临走时再三提醒。

"忘不了。"赵胜天说。

送走客人，赵胜天、李小兰就商量送什么礼物给高山的儿子，到了那天，朝阳穿什么服装去做客。所有的琐事，李小兰按部就班计划了一遍并请香帮忙记住，到日子提醒一声。香是小菊走了之后又请的小保姆。请小保姆总是艰难的，但是他们已经赢得阶段性的胜利。

香听话地说："好。"

香和李小兰收拾满地狼藉。赵胜天准备到房间写作业。朝阳趴在礼品盒上睡着了，夫妻俩把女儿轻轻移到床上。

李小兰说："今天真累，但也很有意思。"

赵胜天点头表示同意,将搭在女儿眼皮上的一绺头发抹开,笑了笑,做作业去了。

写于1989年,首发于1990年第四期《钟山》